Dépendance
Le guide pratique

Ouvrage collectif

avec la collaboration
d'Anna Dubreuil
Journaliste, spécialiste du droit social

4e édition

2020

prat éditions

Tous les ouvrages sont disponibles sur :
www.prat-editions.fr

Ont également participé à cet ouvrage :
Agnès Chambraud, Bertrand Couette,
Sylvie Lacroux et Brigitte Vert

Direction éditoriale : Anne-Laure Marie
Édition : Cécile de Cossé Brissac
Relecture-correction : Nawshaba Imambaccus
Composition : Marine de Percin
Crédits photo de couverture : © Studio Mike - Fotolia

206, boulevard de la République
92210 Saint-Cloud

ISBN 978-2-8095-1529-9
ISSN 1272-4955

Vous êtes confronté à la perte d'autonomie d'un proche. Vous devez trouver des solutions pour l'accompagner et le protéger. Vous rencontrez alors de multiples difficultés et obstacles à surmonter, tant sur le plan humain que matériel et financier. Comment faire face à cette situation de dépendance et aux problèmes qu'elle soulève ?

Résolument concret et pratique, ce guide apporte des réponses claires aux nombreuses questions que vous vous posez :

- À qui s'adresser pour aménager et sécuriser son logement ?
- Quelles sont les aides financières pour faire face aux dépenses ?
- Comment se faire aider et soigner à domicile ?
- Quels sont les hébergements collectifs ?
- Comment choisir l'établissement d'accueil le mieux adapté ?
- Quels soutiens et congés pour aider un proche dépendant ?

Pour chaque problématique, vous trouverez les différentes solutions envisageables, avec leurs avantages et leurs inconvénients.

Afin de vous apporter les informations les plus fiables, cet ouvrage est parfaitement à jour, y compris de la réforme de la justice.

Vous pourrez ainsi agir plus sereinement et organiser au mieux le quotidien d'un proche dépendant.

Anne-Laure Marie
Directrice Prat Éditions

LISTE DES ABRÉVIATIONS

ACTP	: Allocation compensatrice pour tierce personne
ADIL	: Association départementale pour l'information sur le logement
AEEH	: Allocation d'éducation de l'enfant handicapé
AGGIR	: Autonomie Gérontologie Groupe Iso Ressources
ALS	: Allocation de logement sociale
Anah	: Agence nationale de l'habitat
APA	: Allocation personnalisée d'autonomie
APL	: Aide personnalisée au logement
ARDH	: Aide au retour à domicile après hospitalisation
ASH	: Aide sociale à l'hébergement
ASIR	: Accompagnement aux retraités en situation de rupture
ASPA	: Allocation de solidarité aux personnes âgées
AVPF	: Assurance vieillesse des parents au foyer
CAF	: Caisse d'allocations familiales
CARSAT	: Caisse d'assurance retraite et de la santé au travail
CCAS	: Centre communal d'action sociale
CDAPH	: Commission des droits et de l'autonomie des personnes handicapées
CESU	: Chèque emploi service universel
CITE	: Crédit d'impôt pour la transition énergétique
CLIC	: Centre local d'information et de coordination
CNAV	: Caisse nationale d'assurance vieillesse
CNRACL	: Caisse nationale de retraites des agents des collectivités locales
EHPAD	: Établissement d'hébergement pour personnes âgées dépendantes
GIR	: Groupe Iso Ressources
HAD	: Hospitalisation à domicile
MARPA	: Maison d'accueil et de résidence pour l'autonomie
MDPH	: Maison départementale des personnes handicapées
MSA	: Mutualité sociale agricole
PCH	: Prestation de compensation du handicap
RGE	: Reconnu garant de l'environnement
SOLIHA	: Fédération Solidaires pour l'habitat
SSIAD	: Services de soins infirmiers à domicile

Introduction

Dépendance d'un proche, perte d'autonomie d'un parent, etc., des situations auxquelles tout un chacun peut se trouver confronter un jour. Cela constitue un véritable bouleversement dans les familles. Votre conjoint, votre père ou votre mère devient vulnérable et a besoin d'être épaulé. À la peine de le voir décliner s'ajoute la nécessité de trouver du temps pour s'occuper de lui et parvenir à concilier vie de famille et travail avec ces nouvelles obligations. Nombreux sont ceux qui se trouvent écartelés entre leur activité professionnelle, leur couple, leurs enfants et leurs parents âgés. Il est donc impératif de se faire aider, de se constituer un réseau. Amis, voisins, membres de la famille, aides professionnelles peuvent apporter leur soutien et ne pas faire peser sur une seule personne la prise en charge de la personne dépendante.

À cela peut aussi s'ajouter une problématique financière : la perte d'autonomie implique de nouvelles dépenses. Or, les revenus familiaux ou les retraites peuvent s'avérer insuffisants pour les couvrir. Des aides financières peuvent être obtenues, différentes selon l'âge de la personne dépendante.

Ce guide est là pour vous diriger vers les bons interlocuteurs afin de trouver un soutien humain, matériel et financier.

À NOTER

Plan dépendance : une réforme annoncée L'enjeu est d'importance lorsque l'on se penche sur les perspectives : en 2060, le nombre de personnes en perte d'autonomie serait de 2,45 millions, contre 1,6 million en 2030. Le président de la République a annoncé une loi sur la dépendance dont la discussion est repoussée à une date inconnue. La réforme sera menée autour des grands thèmes suivants :

- la prévention de la perte d'autonomie à domicile et en établissement ;
- les mesures à mettre en œuvre pour soutenir les aidants ;
- la refonte du financement de l'aide à domicile et des maisons de retraite ;
- la formation et la qualification du personnel des EHPAD ;
- l'augmentation du nombre de soignants dans les EHPAD, notamment des infirmières de nuit (poste mutualisé entre différents établissements) ;
- le développement d'une démarche qualité dans les EHPAD.

Table des matières

Quand la dépendance survient

➤ La dépendance se définit par l'état d'une personne qui n'est plus autonome, soit physiquement, soit mentalement, et qui a donc besoin d'aide dans les actes de sa vie quotidienne.

➤ La dépendance est, en réalité, vécue de manière extrêmement différente d'une personne à l'autre.

➤ Beaucoup de facteurs entrent en jeu : bien sûr, l'état de santé, mais aussi la vie affective, la vie sociale, l'isolement, etc.

La perte de l'autonomie avec l'avancée en âge

L'âge moyen de l'entrée dans la dépendance est de 83 ans pour les femmes et 78 ans pour les hommes.

Plusieurs causes de dépendance

La dépendance peut avoir de multiples causes et présente plusieurs degrés. Elle peut survenir brutalement. Une chute entraîne une fracture, puis des difficultés pour marcher, se mouvoir, etc. Une hospitalisation, notamment si elle est longue, fait perdre la capacité d'accomplir seul un certain nombre de gestes de la vie courante : se déplacer, faire sa toilette, préparer ses repas, etc. La dépendance peut apparaître avec une maladie provoquant, par exemple, des altérations cérébrales (accident vasculaire cérébral, maladie neurodégénérative comme la maladie d'Alzheimer). Les déficits sensoriels (perte de l'audition, baisse de la vue) augmentent le risque d'accident et, par voie de conséquence, celui de dépendance. Celle-ci peut également se révéler lors d'un choc affectif : le décès du conjoint ou du compagnon, par exemple. L'isolement (veuvage, moindre mobilité ou départ en maison de retraite des amis) provoque un repli sur soi et induit un état de fragilité (asthénie, perte de poids, etc.).

À partir de quand est-il nécessaire d'apporter une aide ?

Intervenir dès les premiers signes permet de maintenir plus longtemps le niveau d'autonomie. La mise en place d'une aide à domicile quelques heures par semaine, qui se chargera des courses et/ou des tâches ménagères difficiles (lavage des vitres, déplacement des meubles pour faire le ménage, par exemple), permet de prévenir les chutes ou les traumatismes physiques de la personne âgée.

Faire accepter une aide à une personne qui se sent physiquement toujours apte à réaliser les gestes du quotidien n'est pas toujours aisé. Votre proche peut également ne pas être conscient de ses troubles : confusion mentale, perte des repères dans le temps et l'espace, oublis répétés. Le rôle de l'entourage (parents, amis, médecins) est alors fondamental. C'est à vous de prendre les décisions et cela n'est pas toujours facile. Une assistance soutenue au quotidien s'avère quelquefois indispensable pour pouvoir continuer de vivre à domicile.
Des situations autres que la perte d'autonomie physique ou psychique exigent une aide ou une intervention des proches ou des institutions. Il en est ainsi, notamment, au décès du conjoint, qui peut provoquer un isolement affectif et une perte de revenus.
Une fois que les besoins sont établis, il faut également rechercher un financement pour les réponses à apporter. Avec un montant moyen de pensions de 1 472 € nets par mois en 2017*, les retraités ne peuvent bien souvent pas faire face aux dépenses engendrées par la dépendance.

TÉMOIGNAGE

Ma mère est âgée de 85 ans. Elle était jusque-là alerte. Mais le décès de mon père l'a extrêmement fragilisée. Elle qui était une maniaque de la propreté, soucieuse de son apparence, aimait à recevoir des amis, se « laisse aller » : elle ne se prépare plus à manger, consomme des produits périmés, se replie sur elle-même... et refuse, avec la plus grande énergie, qu'une aide à domicile vienne l'aider pour son ménage, ses repas... Les employées que je lui ai trouvées ne conviennent pas. Elle s'est même montrée très désagréable avec l'une d'elles. La situation devient difficile à gérer. J'ai pris contact avec une assistante sociale qui m'a conseillée de faire intervenir un tiers – par exemple une association d'aide à domicile, qui expliquera de façon neutre à ma mère l'intérêt d'une aide au quotidien et lui présentera un salarié au profil adapté.

Christine

*Source : *Les Retraités et les retraites* - édition 2019, DREES.

Faire un bilan complet

Les proches sont bien souvent les premiers à constater les difficultés que rencontre la personne âgée dans son quotidien. Un bon réflexe est d'en parler à son médecin de famille.

Le médecin comme interlocuteur

Il a le plus souvent une relation de confiance avec son patient, qu'il connaît de longue date, et aborde plus sereinement qu'un proche le sujet de la perte des capacités. Il peut établir l'origine des défaillances constatées (apparition d'une pathologie, vieillissement) et préconiser, si nécessaire, la consultation d'un spécialiste (neurologue, gériatre, etc.). Une infection peut, par exemple, causer des déficiences passagères sans pour autant nécessiter la mise en place d'un plan d'aide trop lourd.

Des interlocuteurs spécialisés

En ce qui concerne l'étude des besoins de la personne âgée et des réponses qui peuvent y être apportées, rapprochez-vous du centre local d'information et de coordination en gérontologie (CLIC) dont dépend son domicile. Ce centre vous aiguillera vers les bons interlocuteurs.
Pour connaître l'adresse du centre proche de chez vous : www.pour-les-personnes-agees.gouv.fr/resultats-annuaire.
Autre possibilité, notamment pour une dépendance légère : le centre communal d'action sociale (CCAS) de la commune de la personne âgée. Vous pouvez y obtenir toutes les informations nécessaires sur les aides ménagères.
En cas d'hospitalisation, adressez-vous à l'assistant social de l'hôpital. Ensemble, vous pourrez trouver des solutions pour organiser le retour à la maison.

À NOTER

Bilan de santé Les assurés sociaux affiliés au régime général de la Sécurité sociale, ainsi que les membres de leur famille âgés de plus de 16 ans, bénéficient de bilans de santé gratuits tous les 5 ans. Ils doivent s'adresser à leur caisse primaire d'assurance maladie. Il est possible de faire une demande *via* le site www.ameli.fr.

Faire reconnaître le handicap

Même après 60 ans et une fois à la retraite, faire reconnaître son handicap est important. Cette reconnaissance passe par la délivrance de la carte mobilité inclusion qui donne accès à certains droits et avantages fiscaux quel que soit son âge. Cette carte est attribuée à une personne atteinte d'une incapacité permanente égale ou supérieure à 80 %.
La demande doit être déposée à la maison départementale des personnes handicapées.

La maison départementale des personnes handicapées (MDPH)

Chaque département est doté d'une maison départementale des personnes handicapées qui a pour mission :
- d'accueillir, d'informer, d'accompagner et de conseiller les personnes handicapées et leurs familles ;
- de sensibiliser l'ensemble des citoyens au handicap ;
- de mettre en place et d'organiser le fonctionnement de la commission des droits et de l'autonomie des personnes handicapées (CDAPH) et de l'équipe pluridisciplinaire chargée d'évaluer les besoins de compensation ;
- d'accompagner les personnes handicapées et leurs familles après l'annonce et lors de l'évolution de leur handicap, de les aider à formuler leur projet de vie ;
- d'assurer la mise en œuvre des décisions prises par la CDAPH, ainsi que l'accompagnement et les médiations nécessitées par cette mise en place.
Pour connaître l'adresse de la MDPH de votre département : https://handicap.gouv.fr.

La carte mobilité inclusion

La CDAPH prend les décisions sur l'ensemble des droits des personnes handicapées. Elle est compétente notamment pour l'attribution de la carte mobilité inclusion.

Cette carte est gratuite et remplace à elle seule 3 cartes : la carte d'invalidité, la carte de priorité et la carte de stationnement. La carte de stationnement est néanmoins maintenue pour les personnes relevant du Code des pensions militaires d'invalidité et des victimes de guerre, atteintes d'un handicap qui réduit de manière importante et durable leur capacité et leur autonomie de déplacement à pied ou qui impose qu'elles soient accompagnées par une tierce personne dans leurs déplacements (par exemple : une personne atteinte d'un déficience sensorielle ou mentale).

La carte mobilité inclusion peut porter :

- la mention « invalidité » : si la personne est atteinte d'une incapacité permanente d'au moins 80 % ou classée en invalidité de 3e catégorie par la Sécurité sociale. Elle peut être complétée par « besoin d'accompagnement », lorsque le titulaire de la carte bénéficie de l'élément « aides humaines » de la prestation de compensation du handicap (PCH), ou perçoit la majoration pour tierce personne de la Sécurité sociale, ou l'allocation personnalisée d'autonomie (APA), ou l'allocation compensatrice pour tierce personne (ACTP). La mention « besoin d'accompagnement » atteste de la nécessité, pour la personne handicapée, d'être accompagnée dans ses déplacements. On lui ajoute le mot « cécité », lorsque la vision centrale de la personne handicapée est inférieure à 1/20e de la normale ;
- la mention « priorité pour personnes handicapées » est portée sur la carte des personnes atteintes d'une incapacité inférieure à 80 %, rendant la station debout pénible ;
- la mention « stationnement pour personnes handicapées » est réservée à toute personne atteinte d'un handicap qui réduit de manière importante et durable sa capacité et son autonomie de déplacement à pied ou qui impose qu'elle soit accompagnée par une tierce personne dans ses déplacements.

Les mentions « invalidité » et « priorité pour personnes handicapées » ne sont pas cumulables.

Concrètement, la mention « invalidité » permet de bénéficier de divers avantages fiscaux pour le titulaire de la carte (par exemple : bénéfice, sous conditions, d'une demi-part supplémentaire pour le calcul de l'impôt sur le revenu) ou ses proches (par exemple : les personnes titulaires de cette carte sont considérées comme étant à charge du contribuable qui les accueille sous son toit). Elle donne également la possibilité d'obtenir différents avantages commerciaux accordés dans les transports (RATP, SNCF, Air France). Elle donne, tout comme la mention « priorité », une priorité dans les files d'attente ou pour l'accès aux places assises dans les transports en commun, dans les espaces et salles d'attente, ainsi que dans les établissements et les manifestations accueillant du public, tant pour son titulaire que pour la personne qui l'accompagne dans ses déplacements.

La mention « stationnement pour personnes handicapées » permet à son titulaire ou à la tierce personne l'accompagnant d'utiliser, à titre gratuit et sans limitation de la durée de stationnement, toutes les places de stationnement ouvertes au public, y compris celles non réservées au stationnement des personnes handicapées. La durée de stationnement gratuit peut toutefois être limitée à 12 heures sur décision de la commune. De plus, le titulaire de la carte peut être soumis au paiement d'une redevance pour se garer dans les parcs de stationnement munis de bornes d'entrée et de sortie accessibles aux personnes handicapées depuis leur véhicule.

À NOTER

Les cartes d'invalidité délivrées dans le cadre de la législation antérieure demeurent valables jusqu'à leur date d'expiration et, au plus tard, jusqu'au 31 décembre 2026.

MON CONSEIL

Un guide indispensable pour approfondir ce sujet *Handicap, le guide pratique*, collection « Les guides pratiques pour tous », Prat Éditions, 2020.

Des aides pour financer les dépenses liées à la dépendance

Dès l'apparition des premiers signes de dépendance et lorsque le soutien apporté par l'entourage familial ne suffit plus, l'une des premières mesures mises en place par les familles est l'aide à domicile. Quand la perte d'autonomie s'accentue, le volume d'heures d'aide augmente, la nature des interventions se diversifie (aide à la toilette, par exemple, ou soins infirmiers). En fonction du degré de perte d'autonomie et de son niveau de ressources, la personne âgée pourra prétendre à des aides différentes.

Tout dépend du niveau de dépendance

Pour évaluer le degré de perte d'autonomie d'une personne âgée et le niveau d'aide à lui apporter, la référence sur tout le territoire national est la grille Autonomie Gérontologie Groupe Iso Ressources (AGGIR). Partant des capacités physiques et mentales de la personne (à se déplacer, se vêtir, assurer sa toilette, se nourrir, communiquer avec les autres, etc.), la personne est classée dans le Groupe Iso Ressources (GIR) 1, 2, 3, 4, 5 ou 6 par l'équipe pluridisciplinaire (en général, un assistant social et un médecin rattachés au conseil départemental). Le GIR 1 correspond à une perte d'autonomie sévère mentale, physique et sociale et le GIR 6 à une dépendance très légère (voir *Grille AGGIR*, p. 149).

Des prestations dédiées

Les personnes les moins dépendantes, relevant des groupes GIR 5 et 6, peuvent prétendre :
- à l'aide ménagère du département lorsqu'elles disposent de faibles revenus, c'est-à-dire 903,21 € par mois pour une personne seule et 1 402,22 € pour un couple au 1er janvier 2020. Le dossier de demande peut être déposé au CCAS ;
- aux aides financières des caisses de retraite avec un revenu plus élevé : il faut adresser sa demande à la caisse qui verse les retraites ou la pension de réversion (pour les veuves ou veufs). Chaque régime de retraite a ses propres critères d'attribution. Mais l'aide, dans tous les cas, prend la forme d'une participation au coût horaire de l'aide (voir *Quelles sont les aides et les avantages financiers ?*, p. 39).

Avec une dépendance plus lourde (GIR 1, 2, 3 ou 4), la personne peut prétendre à l'APA, qu'elle vive à son domicile (voir *Pour les plus dépendants : l'allocation personnalisée d'autonomie (APA)*, p. 44) ou en établissement d'hébergement pour personnes âgées dépendantes (EHPAD) (voir *L'allocation personnalisée d'autonomie en établissement*, p. 87). Il faut, pour la percevoir, avoir au moins 60 ans et résider en France de manière stable et régulière. Si le niveau des ressources n'intervient pas pour obtenir l'APA, il est déterminant pour fixer son montant. La demande est à déposer auprès du service social du conseil départemental.

Quid des personnes reconnues handicapées avant 60 ans ?

Les personnes handicapées percevant la PCH peuvent choisir, à 60 ans, de garder le bénéfice de la PCH ou d'opter pour l'APA. Si le handicap survient après 60 ans alors que la personne exerce une activité professionnelle, la PCH peut être accordée. En revanche, sans activité, seule l'APA peut être obtenue. Notez que la PCH se demande auprès de la MDPH (voir *La maison départementale des personnes handicapées (MDPH)*, p. 7).

Des allègements de cotisations

Les personnes dépendantes, c'est-à-dire celles ayant besoin d'une aide pour accomplir les actes du quotidien ou percevant l'APA, sont exonérées de la part patronale des cotisations de Sécurité sociale dues pour leur aide à domicile. Idem pour les personnes de plus de 70 ans mais dans certaines limites (voir *Allègement des charges sociales pour l'emploi d'un aide à domicile,* p. 49).

Des avantages fiscaux

Les dépenses d'aide à domicile engagées par les retraités leur ouvrent droit à un crédit d'impôt.
Cet avantage fiscal est égal à 50 % du coût de l'aide (salaires + cotisations à charge ou facture de l'organisme qui envoie l'employé). Ce coût est retenu dans la limite de 12 000 € par an, plafond majoré de 1 500 € pour chaque membre du foyer fiscal âgé de plus de 65 ans (avec un maximum de 15 000 €). Si l'un d'eux est invalide, le plafond de dépenses est porté à 20 000 € (voir *Un crédit d'impôt pour l'aide à domicile,* p. 50).

Rester chez soi et se faire aider

➤ Vouloir rester dans sa maison, quoi de plus légitime lorsque l'on y a engrangé toute une vie de souvenirs.

➤ L'entourage ne peut pas répondre seul à une demande d'assistance quotidienne. Il est important de prendre des mesures adaptées dès les premiers signes de dépendance : l'aménagement du logement, les aides ménagères, les services de proximité, etc.

➤ Où se renseigner pour obtenir des aides ? Comment les financer ? Les pouvoirs publics ont mis en place un ensemble de services et des allocations pour couvrir une partie de la dépense.

Aménager son logement pour plus de sécurité

Il est nécessaire d'adapter son logement à une éventuelle diminution de ses capacités physiques et de mettre tout en œuvre pour éviter les chutes qui marquent bien souvent l'entrée dans la dépendance.

Des principes simples à retenir

Les chutes sont à l'origine de fractures et créent une peur de « rechute » entraînant une perte de confiance et une limitation de la mobilité.

Il faut donc passer le logement au crible en retenant les principes suivants :

• Dégager les lieux de passage : éviter les fils électriques par terre (ceux des lampes, par exemple), les petits meubles peu stables sur lesquels il est dangereux de prendre appui.

• Prendre des mesures vis-à-vis des sols glissants : éliminer les descentes de lit ; les tapis doivent être antidérapants.

• Faire attention aux escaliers et mettre les objets usuels à portée de main : attendre la présence d'une tierce personne pour éventuellement accéder à des objets placés en hauteur.

• Rester vigilant face aux effets de certains médicaments qui peuvent entraîner une somnolence ou une perte d'attention.

Ces mesures de prévention simples à mettre en œuvre peuvent ne pas être suffisantes. Souvent, des travaux s'avèrent nécessaires pour rendre le logement plus adapté et plus sécurisant. Par exemple : la pose de volets roulants automatisés, l'installation d'équipements spécifiques (siège de douche, barres d'appui, etc.), d'une douche à l'italienne, d'un W.-C. surélevé, etc.

Il faut alors diagnostiquer les besoins, déterminer les travaux à entreprendre et, selon les finances de la personne dépendante, trouver des aides au financement.

Qui sont les interlocuteurs ?

Vous pouvez vous adresser à l'une des associations de la Fédération Solidaires pour l'habitat (SOLIHA) dont vous trouverez les adresses sur le site www.soliha.fr.
Ce réseau peut vous accompagner dans toutes les étapes du projet jusqu'à sa réalisation : informations et conseils sur l'amélioration du logement ; diagnostics globaux, évaluation des besoins, aide à la décision ; montage de dossiers administratifs, techniques et financiers ; vérification des devis et validation des factures.
Vous pouvez également obtenir des informations auprès de l'Association départementale pour l'information sur le logement (ADIL), notamment sur les aides attribuées localement par des collectivités territoriales. Pour connaître l'adresse de son association : www.anil.org.
Pour des travaux de rénovation énergétique, des renseignements sont disponibles sur le site www.faire.fr où un conseiller est joignable au 0 808 800 700 (service gratuit + prix de l'appel).

À NOTER
Certains départements ont mis en place une maison départementale des solidarités dont la mission est, entre autres, d'orienter et de conseiller les personnes âgées quant aux possibilités d'aide au maintien à domicile.

Les aides de l'Agence nationale de l'habitat (Anah)

L'Anah attribue des aides, notamment aux propriétaires occupant leur logement, mais sous conditions de ressources.

À NOTER
Les propriétaires bailleurs peuvent également obtenir des aides pour les travaux réalisés dans le logement qu'ils donnent en location à titre de résidence principale. Dans ce cas, aucune condition de ressources n'est exigée.
De même, une aide peut être accordée par l'Anah pour rénover les parties communes d'une copropriété. Elle est versée aux copropriétaires ou au syndicat de copropriétaires si la copropriété est en difficulté.

› Pour quels travaux ?

• **Des travaux d'adaptation du logement pour bien vieillir à domicile :** travaux qui facilitent la vie au quotidien comme le remplacement d'une baignoire par une douche.

• **Des travaux de rénovation pour rendre le logement confortable et sain :** rénovation d'une installation électrique vétuste, installation de toilettes, etc.

• **Des travaux de rénovation thermique pour être mieux chauffé :** isolation du logement, amélioration du système de chauffage, etc.

• **Des travaux d'adaptation en cas de handicap :** élargissement des portes pour le passage d'un fauteuil roulant, aménagement d'une rampe d'accès au logement, etc.

› À quelles conditions ?

Les aides sont allouées, sous conditions de ressources, pour des travaux à réaliser dans des logements achevés depuis 15 ans au moins et à condition de ne pas avoir bénéficié d'un prêt à taux zéro durant les 5 dernières années. Les travaux envisagés doivent avoir un coût minimum de 1 500 €, être réalisés par des professionnels du bâtiment et ne pas être des travaux de décoration. Ils ne doivent pas avoir été commencés avant d'avoir déposé la demande d'aide à l'Anah. L'organisme préconise même d'attendre la notification du montant de l'aide. Le logement rénové doit ensuite être occupé comme résidence principale pendant au moins 6 ans après la fin des travaux.

Le ou les propriétaires occupants ne doivent pas disposer de ressources supérieures à l'une des deux séries de plafonds (voir tableaux ci-après). En effet, le taux de l'aide de l'Anah varie selon que le demandeur dispose de ressources modestes ou très modestes. Les plafonds de ressources varient également selon la localisation du bien (en Île-de-France ou dans une autre région) et selon la composition du ménage.

Est pris en compte votre « revenu fiscal de référence », indiqué sur l'avis d'imposition reçu chaque année à la fin de l'été. Pour une demande d'aide déposée en 2020, il faut prendre en compte le revenu fiscal de l'année 2018 (voir l'avis d'imposition adressé en 2019). Les plafonds sont remis à jour au début de chaque année et s'appliquent à compter du 1er janvier de l'année en cours. Les plafonds indiqués ci-après sont ceux applicables pour une demande faite en 2020.

EN ÎLE-DE-FRANCE		
	Ressources très modestes	Ressources modestes
Personne seule	20 593 €	25 068 €
Couple	30 225 €	36 792 €

DANS LES AUTRES RÉGIONS		
	Ressources très modestes	Ressources modestes
Personne seule	14 879 €	19 074 €
Couple	21 760 €	27 896 €

› Pour quel montant ?

• Pour des travaux d'adaptation du logement d'une personne dépendante ou handicapée et des travaux de rénovation thermique :
- l'aide est égale à **50 % du montant total HT des travaux** avec un maximum de 10 000 € pour un demandeur qui respecte le plafond de « ressources très modestes » ;
- pour la catégorie « ressources modestes » : l'aide correspond à **35 % du montant total HT des travaux** avec un maximum de 7 000 €.

• Pour des travaux de rénovation : l'aide peut atteindre **50 % du montant total HT des travaux** avec un maximum de 10 000 € (25 000 € dans le cas de gros travaux).

› Comment faire la demande ?

La demande d'aide doit être déposée à la délégation départementale de l'Anah. Pour tout renseignement, téléphoner au 0 820 15 15 15 (0,05 € la minute + prix de l'appel) ou aller sur le site Internet : www.anah.fr pour trouver votre point d'information.

Quelles sont les aides des caisses de retraite ?

Certaines caisses de retraite (les CARSAT pour les salariés et les artisans/commerçants, la CNAV s'ils résident en Île-de-France, la MSA pour le secteur agricole) peuvent financer les travaux d'équipement (barre d'appui, élargissement de porte, etc.), d'entretien (plomberie, chauffage, sanitaires, etc.) ou d'amélioration du logement de leurs pensionnés les plus démunis. Pour les propriétaires, elles peuvent également subventionner la remise en état du gros œuvre de leur habitation (menuiserie, couverture, etc.).
Les CARSAT et la CNAV, par exemple, dans le cadre du plan d'actions personnalisé, prévoient des aides pour financer l'amélioration de l'habitat des retraités ou des personnes qui perçoivent la pension de réversion.
En 2020, le montant de l'aide dépend des ressources :
- 3 500 € avec des ressources inférieures à 905 € pour une personne seule et 1 568 € pour un ménage ;
- 3 000 € avec des ressources inférieures à 1 153 € pour une personne seule et 1 841 € pour un ménage ;
- 2 500 € avec des ressources inférieures à 1 439 € pour une personne seule et 2 159 € pour un ménage.

Renseignez-vous auprès de votre caisse de retraite.

Quelles sont les aides des collectivités territoriales ?

Des aides peuvent être attribuées par les municipalités, les conseils départementaux ou les conseils régionaux pour l'amélioration de l'habitat des personnes de condition modeste.
Il faut se renseigner auprès du CCAS à la mairie ou auprès des associations du réseau SOLIHA ou encore de l'ADIL.

Quel crédit d'impôt pour l'adaptation du logement ?

Certains types de travaux réalisés dans la résidence principale donnent droit à un crédit d'impôt égal à 25 % des dépenses d'installation ou de remplacement d'équipements conçus pour les personnes âgées ou handicapées. Il s'agit :

- des équipements sanitaires suivants : éviers et lavabos à hauteur réglable, siphon déporté, sièges de douche muraux, W.-C. surélevés ;
- des équipements de sécurité et d'accessibilité : appareils élévateurs verticaux (avec plate-forme aménagée) et élévateurs à déplacements inclinés, les deux appareils devant être spécialement conçus pour les personnes handicapées ; mains courantes, barres de maintien ou d'appui, poignées ou barres de tirage de porte adaptées, rampes fixes, plans inclinés, mobiliers à hauteur réglable, revêtements podotactiles, nez de marche antidérapants.

La loi de finances pour 2018 du 30 décembre 2017 a étendu ce crédit d'impôt aux équipements permettant l'adaptation des logements à la perte d'autonomie ou au handicap. L'avantage est alors réservé au foyer fiscal dont au moins l'un des membres se trouve dans l'une des situations suivantes :

- titulaire d'une carte de mobilité inclusion portant la mention « invalidité », « priorité » ou « stationnement pour personne handicapée » ou titulaire d'une ancienne carte d'invalidité ;
- titulaire d'une pension militaire d'invalidité pour une invalidité d'au moins 40 % ;
- titulaire d'une pension d'invalidité pour accident du travail (invalidité d'au moins 40 %) ;
- présentant un taux de dépendance relevant des GIR 1 à 4.

Les équipements ouvrant droit au crédit d'impôt dans ce cadre sont :

- les équipements sanitaires : éviers et lavabos fixes utilisables par les personnes à mobilité réduite, cabines de douche intégrales pour personnes à mobilité réduite, bacs à douche extra-plats et portes de douche, receveurs de douche à carreler, pompes de relevage ou pompes d'aspiration des eaux pour receveur extra-plat, W.-C. suspendus avec bâti support, W.-C. équipés d'un système lavant et

séchant, robinetteries pour personnes à mobilité réduite, mitigeurs thermostatiques, miroirs inclinables pour personnes à mobilité réduite ;
- les équipements de sécurité et d'accessibilité : systèmes de commande comprenant un détecteur de mouvements, de signalisation ou d'alerte ; dispositifs de fermeture, d'ouverture ou systèmes de commande des installations électriques, d'eau, de gaz et de chauffage ; éclairages temporisés couplés à un détecteur de mouvements ; systèmes de motorisation de volets, de portes d'entrée et de garage, de portails ; volets roulants électriques ; revêtements de sol antidérapants ; protections d'angles ; boucles magnétiques ; systèmes de transfert à demeure ou potences au plafond ; garde-corps ; portes ou fenêtres adaptées, inversion ou élargissement de portes ; portes coulissantes.

À NOTER

Il s'agit d'un crédit d'impôt. Ainsi, si vous êtes redevable de l'impôt sur le revenu, les dépenses d'adaptation du logement feront baisser la facture fiscale. Si vous n'êtes pas imposable, l'administration fiscale vous fera un virement du montant de l'avantage.

› À quelles conditions ?

Les travaux doivent être réalisés dans la résidence principale du contribuable par une entreprise. Les équipements installés doivent être fournis par celle-ci et non par le contribuable. C'est la nature des travaux qui entraîne le bénéfice du crédit d'impôt. Aussi, la présence d'une personne âgée ou handicapée dans le logement où sont intégrés les équipements n'est pas exigée. Par conséquent, si vous faites réaliser des travaux de ce type dans votre résidence pour un parent âgé qui ne vit pas sous votre toit, vous y avez droit.

› Quel est le montant du crédit d'impôt ?

Le taux du crédit d'impôt est de 25 %. Il est appliqué sur le montant (matériaux et main-d'œuvre) figurant sur la facture de l'entreprise, montant retenu dans la limite d'un plafond de 5 000 € pour un contribuable vivant seul, 10 000 € pour un couple et majoré de 400 € par personne à charge. Ce plafond n'est pas annuel, mais concerne les dépenses effectuées pour une période consécutive de 5 ans entre 2005 et le 31 décembre 2020.

Quelles aides pour les travaux d'économie d'énergie ?

› Le programme « Habiter mieux »

Le programme « Habiter mieux » aide à la réalisation de travaux de rénovation énergétique dans une résidence principale. Il s'adresse aux propriétaires occupants. Il se décline en deux types d'aides : « Habiter Mieux sérénité » et « Ma PrimeRénov' » qui remplace, en 2020, pour les ménages les plus modestes, le crédit d'impôt pour la transition énergétique (CITE).

MaPrimeRénov'

« Ma PrimeRénov' » est attribuée par l'Anah pour financer des travaux permettant d'optimiser les performances énergétiques d'une résidence principale construite depuis plus de 2 ans. Les travaux doivent être confiés à un professionnel RGE (reconnu garant de l'environnement), label non exigé pour la dépose de la cuve à fioul, le raccordement à un réseau de chaleur et la protection des parois vitrées.
Le montant de la prime dépend de la nature des travaux, de la performance énergétique attendue et du niveau des revenus du demandeur (revenus modestes ou très modestes : voir les tableaux dans *À quelles conditions ?*, p. 17). Par exemple, pour l'installation d'une chaudière à très haute performance, l'aide est de 1 200 € avec des ressources très modestes et de 800 € avec des ressources modestes.
La demande s'effectue, en ligne, sur le site www.maprimerenov.gouv.fr.

Habiter Mieux sérénité

L'aide « Habiter Mieux sérénité » est attribuée, sous condition de ressources, pour financer des travaux qui permettent un faire un gain énergétique d'au moins 25 %. Pour l'obtenir, le logement doit

être construit depuis plus de 15 ans et les travaux confiés à une entreprise ou un artisan. À partir de juillet 2020, le professionnel choisi devra avoir la qualification RGE. Il ne faut pas avoir eu recours à un prêt à taux zéro pour l'accession de son logement au cours des 5 dernières années. Les bénéficiaires de l'aide doivent se faire accompagner par un opérateur-conseil pour élaborer leur projet et suivre les travaux.
Le montant de l'aide varie selon que le demandeur relève de la catégorie des ménages aux revenus très modestes ou modestes (les plafonds de ressources pour apprécier cette situation sont les mêmes que ceux appliqués pour les aides de l'Anah).
Avec des ressources très modestes, l'aide est égale à :
- 50 % du montant total des travaux HT avec un montant maximum de 10 000 € ;
- plus une prime « Habiter Mieux » égale à 10 % du montant total des travaux HT, dont le montant maximum est de 2 000 €.
Avec des ressources modestes, elle s'élève à :
- 35 % du montant total des travaux HT avec un maximum de 7 000 € ;
- plus une prime égale à 10 % du montant total des travaux HT, dont le montant maximum est de 1 600 €.
Le montant peut être majoré si le projet cumule les 3 conditions suivantes : une étiquette énergétique F ou G avant travaux ; des travaux permettant une amélioration énergétique globale d'au moins 35 % et un gain correspondant au moins à un saut de deux étiquettes énergétiques. L'aide maximum est portée à 15 000 € pour la catégorie « très modestes » et 10 500 € pour la catégorie « modestes » ; la prime « Habiter Mieux » est portée à 20 % du montant total des travaux HT, dans la limite de 4 000 € pour la catégorie « très modestes » et de 2 000 € pour la catégorie « modestes ».
Sur le site https://monprojet.anah.gouv.fr, vous pouvez savoir si vous pouvez prétendre à une aide de l'Anah.

› Le CITE maintenu en 2020

Pour les contribuables qui ont un revenu fiscal de référence supérieur aux plafonds de la prime mais inférieur à certaines limites (voir tableau ci-après), le CITE est maintenu jusqu'au 31 décembre 2020, mais avec un plafond de crédit d'impôt propre à chaque équipement, sans pouvoir dépasser 75 % de la dépense effectuée. Le montant du crédit d'impôt ne se calcule donc plus en fonction d'un pourcentage des dépenses (15 %, 30 % ou 50 %). En outre, les dépenses sont plafonnées, sur une période de 5 ans (entre le 1er janvier 2016 et le 31 décembre 2020) : 2 400 € pour une personne seule et 4 800 € pour un couple soumis à une imposition commune. Le plafond est majoré de 120 € par personne à charge supplémentaire.

PLAFOND DE RESSOURCES POUR LE CITE EN 2020

Nombre de personnes composant le ménage	Île-de-France	Autres régions
1	Entre 25 068 € et 27 706 €	Entre 19 074 € et 27 706 €
2	Entre 36 792 € et 44 124 €	Entre 27 896 € et 44 124 €
3	Entre 44 188 € et 50 281 €	Entre 33 547 € et 50 281 €
4	Entre 51 597 € et 56 438 €	Entre 39 192 € et 56 438 €
5	Entre 59 026 € (1) et 68 752 € (2)	Entre 44 860 € (3) et 68 752 € (2)

(1) 7 422 € par demi-part supplémentaire
(2) 6 157 € par demi-part supplémentaire
(3) 5 651 € par demi-part supplémentaire

Comment bénéficier des allocations pour le logement ?

L'évolution de la situation personnelle de votre proche peut avoir des retentissements sur ses finances : un veuvage entraîne inévitablement une baisse de revenus, une perte d'autonomie, des dépenses nouvelles. Si votre parent est locataire, les allocations logement peuvent couvrir une partie du loyer.

L'aide personnalisée au logement (APL)

L'aide personnalisée au logement est accordée au titre de la résidence principale (c'est-à-dire le logement occupé au moins 8 mois par an), notamment :
- aux locataires d'un logement conventionné, par exemple du parc HLM ;
- aux résidents d'un établissement d'hébergement collectif : l'APL peut couvrir, par exemple, une partie du tarif « hébergement » facturé par les maisons de retraite ou le loyer d'un logement en résidence autonomie (ex-foyer logement).

Le montant de cette aide varie en fonction :
- du montant des loyers ou du tarif hébergement ;
- du nombre de personnes à charge de la famille ;
- du montant des ressources du foyer ;
- du lieu de résidence.

L'allocation de logement sociale (ALS)

L'allocation de logement sociale est attribuée aux personnes ayant des ressources modestes et ne pouvant bénéficier de l'APL, afin de les aider à faire face à leurs dépenses de logement dues au titre de leur résidence principale. Elles peuvent être locataires ou habiter en résidence autonomie (ex-foyer logement) ou en maison de retraite, dans un centre de long séjour ou encore dans un établissement doté de services collectifs. L'ALS est également attribuée aux personnes accueillies à titre onéreux chez des particuliers.
Son montant découle d'un calcul complexe. Il dépend des revenus du demandeur et, le cas échéant, de ceux de son conjoint, concubin ou partenaire lié par un PACS, du montant du loyer, du nombre de personnes à charge et de la zone géographique de leur logement.
Le logement doit répondre aux critères du logement décent, c'est-à-dire avec un confort minimum (poste d'eau potable, moyen d'évacuation des eaux usées, chauffage, etc.) et conforme à des normes de santé et de sécurité. Il doit avoir, en outre, une superficie minimale fixée à :
- 9 m^2 pour 1 personne seule ;
- 16 m^2 pour 2 personnes ;
- plus 9 m^2 par personne supplémentaire.

Si la personne est logée dans une maison de retraite, il faut que la chambre soit occupée par 2 personnes au maximum.
Cette allocation est versée directement au locataire ou, avec son accord, à son bailleur ou encore au gestionnaire de l'établissement qui l'héberge.
Les allocations sont dues à compter du 1er jour du mois civil suivant celui au cours duquel les conditions d'ouverture du droit sont réunies. Lorsque ces conditions sont remplies antérieurement, l'allocation est due à compter du 1er jour du mois au cours duquel la demande est déposée.

À NOTER

À partir du 1er avril 2020, l'APL et l'ALS sont calculées sur la base des ressources des 12 derniers mois, et non plus sur les revenus perçus 2 ans plus tôt. Par exemple, l'aide au logement d'avril, mai et juin 2020 sera établie à partir des revenus d'avril 2019 à mars 2020. Les informations sur les ressources des ménages seront actualisées automatiquement tous les trimestres, de façon à recalculer les droits des allocataires.

Démarches

La demande d'allocation logement ou d'APL est déposée auprès de la caisse d'allocations familiales (CAF) du lieu de résidence ou de la caisse de Mutualité sociale agricole (MSA) pour les agriculteurs et les salariés agricoles.

ATTENTION

Si vous louez votre logement à un descendant ou à un ascendant, il ne pourra pas bénéficier de l'APL ou de l'allocation logement.

Vous pouvez évaluer le montant d'une aide au logement en vous connectant sur le site www.caf.fr.

MON CONSEIL

Les bénéficiaires de l'APL ou de l'allocation logement doivent signaler leurs changements de situation, notamment les baisses de revenus (par exemple au moment du départ à la retraite).

Le montant de l'aide au logement sera révisé.

Miser sur la sécurité avec la téléassistance

La téléassistance permet d'obtenir de l'aide lorsque l'on est chez soi sans avoir à décrocher le téléphone. Cette sécurité est utile en cas de malaise ou de chute.

Comment ça marche ?

Le prestataire de services choisi installe à domicile un transmetteur d'alarme, relié à un PC de sécurité. Il s'agit d'un appareil branché sur le secteur et la ligne téléphonique. Votre proche gardera toujours sur lui une petite télécommande.

En cas de problème, il lui suffira de presser l'unique bouton de la télécommande. Alerté, le PC de sécurité dialoguera avec lui grâce à l'interphone du transmetteur d'alarme. Il faut pour cela être dans le champ d'action du transmetteur. On trouve sur le marché des transmetteurs et des télécommandes plus ou moins puissants (allant de 15 à 50 mètres). Le transmetteur fonctionne avec une pile pour ne pas être sujet aux coupures de courant.

À quel coût ?

La téléassistance est assurée par des sociétés privées, des associations, des services médicaux d'urgence ou des services sociaux locaux. Les coûts sont très variables selon le prestataire choisi. Mais tous distinguent le prix du transmetteur (qui peut d'ailleurs être loué) et l'abonnement de base. Un certain nombre de communes et de départements participent au financement de la téléassistance. Renseignez-vous auprès du CCAS de votre commune.

À NOTER

Les frais d'installation et d'abonnement au dispositif de téléalarme peuvent être comptabilisés dans les dépenses ouvrant droit au crédit d'impôt pour l'aide à domicile.

Se faire aider à domicile

Naturellement, l'entourage familial, les voisins, les amis apportent un soutien lorsqu'une aide ponctuelle est nécessaire (courses, démarches administratives, consultations médicales). Mais ils risquent de ne plus pouvoir répondre aux besoins de leur parent ou proche lorsque l'état de ce dernier nécessite un contrôle quotidien ou une assistance pour accomplir certains actes de la vie courante (entretien du logement, du linge). S'impose alors le recours à l'aide à domicile apportant un coup de main matériel et du lien social, mais dont il faut trouver le financement.

Diverses solutions

Pour répondre à ce besoin, vous pouvez recourir aux services à la personne et notamment aux organismes d'aide à domicile qui placent un de leurs salariés chez la personne en perte d'autonomie. Celle-ci peut également être l'employeur direct, mais se décharger des tâches administratives sur une association ou une entreprise dite « mandataire ».

Vous pouvez obtenir des aides financières pour couvrir la dépense. Les prestations diffèrent en fonction du niveau de dépendance : ce sera pour les personnes les moins dépendantes, l'aide sociale du département ou celle des caisses de retraite et, pour les personnes les plus dépendantes, l'APA.

À NOTER

Laisser un inconnu entrer dans son cadre de vie, son intimité, est loin d'être facile, tout comme d'admettre que l'on a besoin d'être assisté. Et pourtant, cette aide est précieuse pour la personne en perte d'autonomie et son entourage. Si votre parent ou un proche a des difficultés à admettre qu'il doit se faire aider, n'hésitez pas à en parler au CLIC (voir l'encadré À noter dans *Comment trouver une aide ?*, p. 33). Il est souvent plus facile de recevoir des conseils de tiers avec qui on n'a pas de lien affectif que de ses proches, et en particulier ses enfants. Il faut ensuite choisir « la bonne personne » comme aide à domicile, c'est-à-dire adaptée à la demande et au caractère de la personne en perte d'autonomie, afin que l'expérience soit réussie.

Des services proches et personnels

Le maintien à domicile repose en large partie sur les services d'aide matérielle (heures de ménage, aide pour accomplir les gestes de la vie courante, etc.). L'offre de services à la personne s'est considérablement développée : aux traditionnelles heures de ménage se sont ajoutés bien d'autres types d'intervention. Le domaine a également été ouvert à de nouvelles structures : aux côtés des associations d'aide à domicile et des CCAS sont apparues de nombreuses entreprises privées et, plus récemment, des régies de quartier.

› Une multitude de services

Les associations, les régies de quartier et les entreprises agréées peuvent proposer les services suivants :
- l'entretien de la maison et les travaux ménagers : ces tâches peuvent être confiées à un service d'aide à domicile ;
- les petits travaux de jardinage : entretien courant des jardins de particuliers à leur domicile, effectué au moyen du matériel mis à la disposition du salarié par l'employeur ou l'organisme agréé qui l'emploie. Les travaux comprennent la taille des haies et des arbres, le débroussaillage, mais pas les travaux forestiers ;
- les prestations de petit bricolage dites « homme toutes mains » : tâches occasionnelles de très courte durée qui ne demandent pas de qualification particulière (changer une ampoule ou un joint, fixer un cadre, etc.) ;
- la préparation de repas à domicile, y compris le temps passé à faire les courses ;
- la livraison de repas ou de courses à domicile, la collecte et livraison à domicile de linge repassé, à la condition que ces prestations soient comprises dans une offre de services incluant un ensemble d'activités effectuées à domicile ;
- l'assistance aux personnes âgées ou autres personnes qui ont besoin d'une aide personnelle à leur domicile, à l'exception d'actes de soins relevant d'actes médicaux ;

- l'assistance aux personnes handicapées, y compris les activités d'interprète en langue des signes, de technicien de l'écrit et de codeur en langage parlé complété ;
- la prestation de garde-malade, à l'exclusion des soins médicaux. Cependant, les aides à domicile peuvent effectuer des aspirations endo-trachéales, à condition d'avoir reçu la formation nécessaire ;
- des aides à la mobilité et au transport de personnes ayant des difficultés de déplacement lorsque cette activité est incluse dans une offre de services d'assistance à domicile ;
- des prestations de conduite du véhicule personnel des personnes dépendantes, par exemple sur le lieu de vacances ou pour les démarches administratives ;
- des prestations d'accompagnement des personnes âgées ou handicapées en dehors de leur domicile (promenades, transports, actes de la vie courante), à condition que ces prestations soient comprises dans une offre de services incluant un ensemble d'activités effectuées à domicile ;
- la prestation d'assistance informatique et Internet à domicile ;
- les soins et promenades d'animaux de compagnie pour les personnes dépendantes, à l'exception des soins vétérinaires et du toilettage ;
- les soins d'esthétique à domicile pour les personnes dépendantes ;
- la maintenance, l'entretien et la vigilance temporaires, à domicile, des résidences principale et secondaire ;
- l'assistance administrative à domicile.

Tous ces services à la personne peuvent fonctionner :
- sur un mode prestataire : les organismes emploient des salariés qui interviennent chez les particuliers et facturent à ces derniers le coût des prestations ;
- sur un mode mandataire : le particulier est employeur mais l'organisme se charge du recrutement, des formalités administratives, etc.

Pour exercer son activité de services à la personne auprès de personnes âgées ou handicapées, l'organisme doit obligatoirement obtenir :
- un agrément délivré par l'État s'il intervient sur le mode mandataire ;
- une autorisation délivrée par les conseils départementaux s'il intervient en tant que prestataire.

À NOTER

Les organismes de services à la personne proposent des prestations de services à la personne sur l'ensemble du territoire. On dénombrait 42 147 organismes au 1er janvier 2019 :
- 81 % d'entreprises ;
- 15 % d'associations ;
- 4 % d'établissements publics.

› Une obligation d'information pour les organismes prestataires

Les prestataires de services doivent mettre à la disposition des consommateurs, sur les lieux d'accueil du public et sur leurs sites Internet, les informations suivantes :
- la liste de chacune des prestations qu'ils proposent ;
- le mode d'intervention selon lequel chacune des prestations est réalisée ;
- des informations sur les prix de chaque prestation et le détail des frais annexes éventuels tels que les frais de dossier, les frais de gestion ou les frais de déplacement. Les prix sont exprimés HT et TTC. La mention d'un éventuel avantage fiscal ou social doit être clairement définie.

Un devis personnalisé est fourni gratuitement pour les prestations dont le prix mensuel est d'au moins 100 € TTC. Un devis gratuit doit être remis au consommateur qui en fait la demande pour les prestations dont le prix mensuel est inférieur à 100 € TTC.

Parmi les mentions obligatoires du devis, le consommateur doit trouver :
- la description de chaque prestation proposée ;
- le nombre d'heures de travail correspondant à chaque prestation proposée (sauf si cette indication n'est pas pertinente compte tenu de la nature de la prestation) ;
- le prix horaire ou, lorsque le rapport à l'unité horaire n'est pas approprié, le prix forfaitaire pour chaque prestation proposée ;
- le taux de TVA applicable à chaque prestation, le cas échéant ;
- le montant total à payer ou, si le contrat n'a pas de durée déterminée par avance, le montant total mensuel ou hebdomadaire ;
- le montant détaillé de tous les frais annexes.

La facture, qui est gratuite quel que soit le support utilisé, doit être délivrée au consommateur avant paiement.

› Une norme NF pour les services à domicile

Revue en août 2016 et publiée par l'Association française de normalisation (AFNOR), cette norme porte la référence NF X 50-056 « Services aux personnes à domicile ». Elle a pour objet essentiel d'améliorer la qualité de ces services. Accueil, qualité de la prestation rendue, traitement des réclamations, mise en place de mesures visant à apprécier la satisfaction du client sont des éléments que les services d'aide à domicile qui se prévalent de cette norme doivent s'engager à respecter.

› Comment trouver une aide ?

Pour connaître les organismes qui proposent des services à la personne près de chez vous, consultez l'annuaire sur le site www.servicesalapersonne.gouv.fr.
Vous pouvez également vous adresser au CCAS de votre commune. Il dispose d'un service d'aide ménagère. L'aide ménagère assure les travaux d'entretien courant (ménage et repassage). Elle peut également faire les courses, préparer les repas et, si nécessaire, aider les personnes à se lever ou à faire leur toilette. Si le CCAS ne dispose pas d'un tel service ou si celui-ci ne peut pas assurer de tâches supplémentaires, il est alors possible de lui demander le bénéfice d'une allocation représentative de services ménagers dans le but de rémunérer un employé de maison qui effectuera les mêmes tâches qu'un aide à domicile. Attention, cette aide en espèces ne peut excéder 60 % du coût des services ménagers.

À NOTER

Les CLIC gérontologiques Des guichets d'accueil, de conseil et d'orientation des personnes âgées ont été installés dans presque tous les départements. Les CLIC ont pour mission essentielle d'informer et d'orienter le public vers les services médicaux, de s'occuper du portage des repas, de trouver des gardes à domicile, de faire le point sur les aides techniques et financières. Ces centres sont également chargés de coordonner l'action gérontologique au niveau départemental. Ils sont répartis dans tous les départements. Pour connaître le CLIC le plus proche de son domicile, il faut s'adresser à la mairie ou à la direction départementale des Affaires sanitaires et sociales (à la préfecture).

Site Internet : www.pour-les-personnes-agees.gouv.fr, puis « À qui s'adresser ? ».

Comment embaucher un employé familial ?

Vous pouvez embaucher vous-même votre salarié. Mais il est également possible de passer par une association ou une entreprise dite « mandataire » qui procédera au recrutement et se chargera, le cas échéant, d'établir les bulletins de paie.

Dès lors que vous employez un salarié à votre domicile, la relation de travail est soumise aux dispositions de la Convention collective nationale des salariés du particulier employeur. Pour consulter les textes : www.legifrance.gouv.fr, rubrique « Accords de branche et conventions collectives ».

À NOTER

La Fédération des particuliers employeurs de France La Fédération des particuliers employeurs de France (FEPEM) propose, moyennant une cotisation (variable selon les départements), certains services tels qu'une aide juridique et la Convention collective nationale des salariés du particulier employeur. Vous obtiendrez des prestations supplémentaires, comme la rédaction des bulletins de paie, moyennant finance.

Site Internet : www.fepem.fr.

› La marche à suivre

Un contrat de travail doit être rédigé. Il précisera l'emploi occupé et le niveau correspondant dans la grille des métiers (voir tableau ci-après). Si le salarié travaille moins de 8 heures par semaine ou moins de 4 semaines sur l'année et que l'employeur adhère au dispositif du chèque emploi service universel (CESU), la rédaction d'un contrat de travail n'est pas obligatoire. Il faut néanmoins lui indiquer, par écrit, son emploi-repère et son niveau dans la classification.

› Déterminer l'emploi occupé

Une grille des métiers définit 21 emploi-repères en listant, pour chacun d'eux, les tâches correspondantes. Les emplois-repères sont classés sur une échelle de 12 niveaux. Pour chacun de ces niveaux est fixé un salaire minimum.
Depuis le 1er avril 2016, les salaires minimums n'augmentent plus en fonction de l'ancienneté du salarié, mais selon sa formation.

ATTENTION

Si le salarié bénéficiait d'une majoration pour ancienneté, il n'est pas possible de lui retirer cet avantage.
S'il est titulaire de l'un des titres reconnus par la branche professionnelle des salariés du particulier employeur (notamment s'il a le titre « assistant de vie », « assistant de vie dépendance », « employé familial », « employé familial polyvalent ») en lien avec l'emploi occupé, son salaire minimum est majoré :
- de 3 % pour un employé de niveau I, II III ou IV ;
- de 4 % pour un employé de niveau V ou VI.

En conséquence, les tâches confiées au salarié à domicile déterminent son emploi-repère et le salaire minimum qui lui est dû.

EXTRAIT DE LA CLASSIFICATION DES EMPLOIS					
Échelon	**Domaines d'activité**				
	Adulte	**Espaces de vie**	**Environnement technique**	**Environnement externe**	**Salaire horaire brut minimum au 1.1.2020** (1)
I		Employé familial (A)		Employé d'entretien et petits travaux / homme-femme toutes mains (A)	10,15 €
II		Employé familial (B)	Accompagnateur / personne de compagnie	Employé d'entretien et petits travaux / homme-femme toutes mains (B) Gardien (A)	10,15 €
III	Assistant de vie (A)	Employé familial auprès d'enfant(s)	Secrétaire particulier	Gardien (B)	10,15 €
IV	Assistant de vie (B)				10,17 €
V	Assistant de vie (C)				10,47 €
VI	Assistant de vie (D)				10,85 €

(1) Les chiffres indiqués correspondent au salaire brut minimum (avant le prélèvement de la part salariale de cotisations) et non au salaire net que vous devez verser à votre salarié (le salaire brut – la part salariale de cotisations = salaire net).

À NOTER

Pour connaître la description des emplois-repères et se référer au modèle de lettre pour informer votre salarié de son emploi-repère et de son niveau de classification : https://particulieremploi.fr.

Cas pratiques

• Un salarié chargé de faire le ménage et de repasser le linge courant relèvera du métier-repère « employé familial A » et donc du niveau I de l'échelle de classification. Son salaire horaire brut minimum sera de 10,15 €.

• Si vous lui confiez, en plus, l'entretien du linge (tri, lavage, séchage) et le repassage du linge délicat, il sera au niveau II en tant qu'« employé familial B » et son salaire horaire minimum sera encore de 10,15 €, compte tenu de la grille des salaires actuellement applicable.

• Un employeur en situation de perte d'autonomie qui demande au salarié de l'accompagner dans les tâches courantes (courses, préparation des repas, tâches ménagères) emploie un assistant de vie A de niveau III (salaire horaire brut minimum : 10,15 €). Mais s'il l'accompagne dans les actes essentiels de la vie quotidienne (aide dans la prise des repas, dans l'habillage, les déplacements, etc.), l'emploi-repère est assistant de vie B de niveau IV (salaire horaire brut minimum : 10,17 €). L'assistant de vie B de niveau IV assiste son employeur qui ne peut effectuer les actes essentiels.

À NOTER

Les heures de travail Un salarié au service d'un particulier employeur peut effectuer des heures de travail effectif et des heures de « présence responsable ». Ces dernières correspondent aux heures pendant lesquelles le salarié peut utiliser son temps pour lui-même tout en restant vigilant en cas de besoin. Ce sera, par exemple, le cas d'un salarié qui lit pendant l'heure de sieste de l'employeur. Une heure de présence responsable est payée au minimum 33,33 % du salaire d'une heure de travail effectif.

› Recourir au chèque emploi service universel (CESU)

Le CESU peut être de deux types :

- le premier, dit « déclaratif », est réservé aux particuliers employeurs d'un salarié qui vient travailler à leur domicile ;
- le second, dit « préfinancé », ressemble dans son fonctionnement à un ticket-restaurant ou à un chèque-cadeau. D'un montant prédéfini, il peut être utilisé pour rémunérer un employé à domicile ou payer des services à la personne facturés par une association ou une entreprise agréée.

Il est possible d'adhérer au dispositif du CESU directement sur le site www.cesu.urssaf.fr ou en s'adressant au Centre national du

CESU, 63, rue de la Montat, 42961 Saint-Étienne Cedex 9, Tél. : 0 820 00 23 78 (0,12 € la minute + prix de l'appel).
Avec cette seule démarche, le Centre national du CESU (URSSAF Rhône-Alpes) attribue un numéro d'employeur et se charge de faire immatriculer le salarié auprès de la Sécurité sociale s'il n'a jamais travaillé. L'employeur peut utiliser un modèle type de contrat de travail. Il est dispensé d'en rédiger un si la personne travaille occasionnellement, c'est-à-dire moins de 8 heures par semaine ou moins de 4 semaines dans l'année pour lui.
Le fonctionnement est ensuite simple. Depuis le 1er janvier 2020, les salaires des aides à domicile sont soumis au prélèvement de l'impôt sur le revenu à la source (PAS). Ainsi, lorsque l'employeur (ou un proche) déclare le salaire de l'employé sur le site du CESU, celui-ci calcule les cotisations sociales, ainsi que le montant du PAS à partir du taux transmis par l'administration fiscale. À la fin de la déclaration, lorsque celle-ci est enregistrée, le montant de la rémunération nette de cotisations et d'impôt est indiqué à l'employeur, qui le verse au salarié par le moyen de son choix (liquide, chèque ou virement). Le centre du CESU prélève ensuite les cotisations et le PAS sur le compte bancaire de l'employeur.
Pour alléger encore plus encore ses obligations administratives, l'employeur peut adhérer au service « CESU + ». Il déclare alors le nombre d'heures travaillées du salarié, ainsi que sa rémunération, et le centre du CESU se charge de tout le reste. Le salaire, les cotisations et le PAS sont prélevés sur le compte bancaire de l'employeur. Le salarié reçoit son salaire net d'impôt 3 jours plus tard, directement sur son compte bancaire. Pour activer ce service, l'employeur et le salarié doivent préalablement remplir l'attestation d'adhésion, document disponible sur le site www.cesu.urssaf.fr, rubrique « Utiliser le CESU ». Au préalable, le salarié doit avoir fourni ses coordonnées bancaires, et l'employeur activé le service « CESU + ».
En optant pour la déclaration en ligne, il est possible d'indiquer les primes et indemnités diverses versées au salarié, comme une prime de vacances, une indemnité de fin de contrat, la participation aux frais de transport. Aucune case n'est prévue pour cela sur le volet social au format papier. Il faut donc convertir le montant des

primes en heures de travail pour pouvoir les soumettre aux prélèvements sociaux.

ATTENTION

L'employeur qui utilise le CESU pour rémunérer son aide à domicile majore chaque mois son salaire de 10 % au titre des congés payés. Ainsi, lorsque l'employé prend ses congés, il ne doit rien lui verser. Cependant, au-delà de 32 heures de travail par mois, employeur et salarié peuvent se mettre d'accord pour que les indemnités de congés payés soient versées non pas chaque mois mais le mois au cours duquel ils sont pris.

› Le calcul des cotisations sociales

Les cotisations sont calculées sur les rémunérations réellement versées au salarié.
En contrepartie, chaque heure de travail effectuée par le salarié ouvre droit à une déduction forfaitaire de la cotisation patronale due au titre des assurances maladie, maternité, invalidité et décès (2 € par heure). Les bénéficiaires de l'exonération des cotisations patronales ne peuvent prétendre à cette déduction.

À NOTER

La démarche peut également se faire en ligne sur le site de l'URSSAF : www.urssaf.fr.
Les charges sont payées chaque trimestre à l'URSSAF.

Quels sont les aides et avantages financiers ?

Ils varient selon le niveau de dépendance et de revenus.

› L'aide sociale du département

En s'adressant au CCAS de sa commune, votre proche peut obtenir l'intervention d'une aide ménagère rattachée au CCAS lui-même ou à une association de service à la personne. Cette aide peut également prendre la forme d'une allocation de services ménagers.

Qui peut y prétendre ?

Les personnes d'au moins 65 ans (60 ans en cas d'inaptitude au travail) présentant une faible perte d'autonomie, classées en GIR 5 ou 6 (voir *Grille AGGIR*, p. 149) et ne disposant pas de ressources supérieures à 903,21 € par mois depuis le 1er janvier 2020 pour une personne seule et 1 402,22 € pour un couple.

Pour quelle aide ?

Le maximum d'heures pouvant être attribuées est de 30 heures par mois pour une personne seule et de 45 heures pour un couple. L'aide ménagère est attribuée pour une durée qui varie en fonction des besoins réels de la personne.
L'aide sociale ne prend pas en charge la totalité de la dépense, une participation financière étant toujours demandée aux bénéficiaires. Celle-ci varie d'un département à l'autre.

À NOTER
L'aide sociale peut récupérer sur la succession du bénéficiaire les sommes qu'elle a versées au défunt. Les conditions de récupération sont différentes selon la nature des allocations. Ainsi, les prestations accordées pour le maintien à domicile telles que le portage des repas ou l'aide ménagère sont récupérables, si leur montant est supérieur à 760 €, sur la part de succession qui dépasse 46 000 €.

› L'aide des caisses de retraite de base

Si les ressources de votre proche sont trop importantes pour bénéficier de l'aide sociale départementale, il peut adresser une demande de financement de son aide à sa caisse de retraite de base. Quel que soit le régime qui lui verse sa retraite (régime général pour les salariés, artisans et commerçants, MSA pour les salariés agricoles et les exploitants agricoles, service des retraites de l'État pour les fonctionnaires de l'État et CNRACL pour la fonction publique territoriale et hospitalière), toutes prévoient des aides au maintien à domicile sous condition de ressources. S'il relève de différents régimes de retraite de base, celui qui valide la plus longue période d'activité est en principe compétent. Nous allons développer ci-après le mécanisme de l'aide accordée aux salariés à la retraite.

Qui peut en bénéficier ?

Ce dispositif s'adresse aux personnes retraitées du régime général (salariés du secteur privé, hors entreprises agricoles) à titre principal et âgées de plus de 55 ans. Pour pouvoir y prétendre, la plus large partie des retraites ou des pensions de réversion doit être issue de l'activité salariée. Il faut ensuite être faiblement dépendant et, plus précisément, relever du niveau de dépendance GIR 5 ou 6, et rencontrer des difficultés dans la vie quotidienne en raison de l'avancée en âge, du niveau de ressources, de l'état de santé et de l'isolement social ou géographique. Dernière condition : ne pas bénéficier d'une prestation équivalente d'un autre système mis en œuvre par les pouvoirs publics.

Pour quelles aides ?

• À la suite de l'évaluation globale de la situation de votre parent ou proche, un plan d'actions personnalisé est élaboré. Celui-ci peut prévoir le financement de différents services comme des heures d'aide ménagère à domicile ou d'aide aux courses, des aides pour de gros travaux d'entretien, le portage de repas, l'accompagnement pour des déplacements, l'aide à la toilette, la pédicurie, l'installation de la téléassistance et l'abonnement correspondant, la participation à des ateliers mémoire, équilibre ou nutrition, etc.
• L'aide au retour à domicile après une hospitalisation (ARDH) peut être accordée, en plus, pendant une période courte (3 mois au maximum) : les soutiens sont intensifiés afin que le bénéficiaire retrouve plus rapidement son autonomie.
• La CNAV propose également un accompagnement aux retraités en situation de rupture (ASIR) comme le veuvage, le déménagement, la perte d'un proche ou l'entrée en maison de retraite. L'aide peut consister en un accompagnement administratif (aide aux formalités liées à un décès, par exemple), un accompagnement à la gestion budgétaire, une aide dans les tâches domestiques ou de préparation de repas, un soutien psychologique, des aides médico-sociales.

À NOTER
Sur le site www.pourbienvieillir.fr, vous trouverez informations et conseils pour permettre de rester autonome.

Quel est le montant de l'aide ?

Le montant de l'ARDH est, comme celui de l'ASIR, plafonné à 1 800 €, y compris la participation financière de l'intéressé. En effet, pour l'ensemble de ces services, la personne aidée apporte sa participation financière dont le montant varie en fonction de son niveau de revenus. Pour alléger les démarches des retraités et le traitement des dossiers, les modalités d'appréciation des ressources ont été simplifiées. Est désormais retenu le montant du revenu brut global du retraité (ou du couple marié ou pacsé) figurant sur le dernier avis d'imposition et non plus la somme de toutes les ressources (pour les concubins, on additionne le montant des deux avis d'imposition).

À NOTER
Chaque année, vous pouvez recevoir l'ARDH et l'ASIR, mais jamais concomitamment.

Quelles sont les démarches à entreprendre ?

La demande doit être adressée à la caisse d'assurance retraite et de la santé au travail (CARSAT) dont relève le domicile. Le dossier à remplir comporte des questions sur la situation de famille, l'état de santé, etc. Il s'ensuit une évaluation des besoins du demandeur qui se fait à son domicile. Tout est pris en compte pour apprécier le plus justement possible la situation : cadre de vie, état de santé, conditions de logement, etc. Il en résulte un plan d'actions personnalisé comportant un ou plusieurs services.

L'équipe d'évaluation est également chargée de :

- repérer les risques que comporte le logement du retraité afin d'apporter des conseils pour prévenir les chutes et les accidents domestiques (par exemple : régler les éclairages s'ils sont insuffisants ou éblouissants ou retirer les tapis dans les zones de circulation) ;

- proposer un mode de financement pour les aides techniques avec le « kit prévention » : la caisse peut accorder une aide forfaitaire de 100 €, 200 € ou 300 € pour financer des aides techniques tels qu'un rehausse W.-C., une planche de bains, un tabouret de douche, une barre d'appui, un tapis antidérapant, etc. Le bénéficiaire s'engage à installer ou à faire installer les équipements financés (les factures pourront lui être réclamées) ;
- repérer les besoins de travaux.

› L'aide du régime de retraite complémentaire Agirc-Arrco

Les caisses de retraite complémentaire Agirc-Arrco mènent également des actions sociales. Par exemple, dans de nombreux départements, elles accordent une aide à l'accompagnement (« Sortir plus ») aux personnes isolées de 75 ans et plus qui ne peuvent plus sortir seules de leur domicile. Sans condition de ressources, ces personnes peuvent recevoir jusqu'à 3 chéquiers par an d'une valeur de 150 € chacun pour rémunérer les services d'un accompagnateur. Il leur est demandé une participation financière de 15 € pour le premier chéquier, 20 € pour le second, 30 € pour le troisième. Autre exemple : l'« aide à domicile momentanée » pour les retraités de plus de 75 ans en situation de difficulté temporaire. Il peut s'agir de financer des heures de ménage, la préparation des repas, etc.

À NOTER

Pour se renseigner L'Agirc-Arrco a mis en place un numéro de téléphone unique : le 0 810 360 560 (0,05 € la minute + prix de l'appel), pour faciliter l'accès aux prestations d'action sociale.

À NOTER

Bilans de prévention gratuits L'Agirc-Arrco propose des bilans de prévention gratuits dans plusieurs centres de prévention. Ils ont pour objectif d'évaluer de manière globale la situation de la personne (sur le plan médical, psychique et social). Ces bilans peuvent être complétés par un bilan mémoire, auditif, nutritionnel, autonomie. Il s'ensuit des propositions d'actions de prévention, comme la participation à des ateliers mémoire, équilibre, etc.

› Pour les plus dépendants : l'allocation personnalisée d'autonomie (APA)

Il s'agit d'une prestation en nature universelle attribuée aux personnes âgées dépendantes de 60 ans et plus. Son montant varie selon le degré de dépendance, les ressources et le mode d'hébergement. Cette allocation est destinée aux personnes qui, indépendamment des soins qu'elles peuvent recevoir, ont besoin d'une aide pour accomplir les actes essentiels de la vie ou dont l'état nécessite une surveillance régulière.

ATTENTION

Nous traiterons dans ce chapitre l'APA versée aux personnes qui vivent chez elles. Pour l'APA en établissement, voir *Comment couvrir le tarif dépendance ?*, p. 87.

• À quelles conditions ?

L'APA est attribuée, sans condition de ressources, aux personnes qui remplissent les conditions suivantes :

- être âgé d'au moins 60 ans ;
- résider en France de manière stable et régulière ;
- présenter un certain degré de dépendance : il est déterminé par une équipe médico-sociale du département qui se déplace au domicile de la personne. Pour l'établir, une grille spécifique est utilisée : la grille AGGIR. L'APA est réservée aux personnes qui relèvent des catégories de dépendance codifiées GIR 1 (les plus dépendantes) à GIR 4.

À NOTER

L'APA ne peut pas être cumulée avec un financement d'heures d'aide ménagère par le CCAS ou une caisse de retraite, la prestation de compensation du handicap ou la majoration pour tierce personne.

• En quoi consiste-t-elle ?

L'APA permet de payer les dépenses de toutes natures prévues dans le plan d'aide personnalisé (aide à domicile, adaptation du logement, dépenses de transport, etc.) élaboré par une équipe médico-sociale. Celle-ci doit évaluer non seulement la situation et les besoins du demandeur (son mode de vie, ses conditions d'habitat) mais également ceux de ses proches aidants. Ce « diagnostic » doit permettre de diversifier le contenu du plan : aménagement du logement, heures d'aide à domicile, etc. Il peut intégrer, par exemple, un accueil temporaire pour la personne dépendante afin de soulager les proches apportant leur soutien.

La personne dépendante peut employer directement l'aide à domicile ou s'adresser à un service prestataire d'aide à domicile. Ce service reçoit alors directement les fonds du département si le bénéficiaire de l'allocation est d'accord. Si l'intéressé a une liberté de choix totale entre ces différentes solutions pour obtenir de l'aide au quotidien, une priorité est donnée aux services d'aide à domicile. C'est ainsi que l'APA sera affectée à la rémunération d'un tel service, sauf refus exprès du bénéficiaire, si ce dernier nécessite une surveillance régulière du fait d'une détérioration intellectuelle, ou est dépourvu d'entourage familial ou social, ou enfin, s'il est classé dans les groupes de dépendance GIR 1 ou 2.

À NOTER

Le bénéficiaire de l'APA peut employer un membre de sa famille, à l'exception de son conjoint, de son concubin ou de la personne avec laquelle il a conclu un PACS.

Quelles démarches ?

Un dossier de demande est à retirer auprès des services du département ou des organismes sociaux (CCAS notamment). Il faut adresser le dossier complet, accompagné des pièces justificatives, au président du conseil départemental de son département. L'équipe médico-sociale qui s'est déplacée au domicile de la personne âgée instruit le dossier et propose un plan d'aide. La décision d'attribution de l'APA appartient aux services du département. Elle est notifiée dans un délai de 2 mois à compter de la date de dépôt de la demande et précise le montant mensuel de l'allocation et celui de la participation financière. À défaut de notification dans ce délai, l'APA est réputée accordée pour un montant forfaitaire jusqu'à la notification d'une décision expresse. En cas d'urgence d'ordre médical ou social, l'allocation peut être

attribuée à titre provisoire pendant une période de 2 mois pour un montant forfaitaire.
Pour contester la décision (refus de l'APA, montant insuffisant), il faut faire un recours amiable en saisissant les services du département dans les 2 mois qui suivent la notification. Si la réponse n'est pas satisfaisante pour le demandeur ou sa famille, il est possible de faire un recours contentieux en saisissant le tribunal administratif.

À NOTER
Le repérage des personnes en situation de fragilité, l'analyse de leurs besoins et les réponses à leur apporter en terme matériel et financier sont organisés au niveau de chaque département dans le cadre d'un dispositif appelé « la conférence des financeurs » (Loi n° 2015-1776 du 28 décembre 2015). Y siègent notamment des représentants des différentes caisses de retraite, du département et des caisses d'assurance maladie. Le département et les caisses de retraite peuvent ainsi organiser, de façon commune, l'évaluation des besoins et de la perte d'autonomie.

Quel montant ?

Il est établi en fonction de trois éléments :
• **le degré de dépendance :** il est déterminé selon un barème appelé grille AGGIR (voir *Grille AGGIR*, p. 149) qui définit 6 niveaux de dépendance codifiés GIR 1 (les personnes les plus dépendantes) à 6 (les moins dépendantes) ; seules les personnes relevant des GIR 1, 2, 3 et 4 peuvent prétendre à l'APA ;
• **le besoin d'aide :** l'équipe médico-sociale préconise des interventions qui sont chiffrées et formalisées dans un plan d'aide. Au 1er janvier 2020, la valeur du plan d'aide ne peut dépasser pour une personne :
- GIR 1 : 1 742,35 €,
- GIR 2 : 1 399,04 €,
- GIR 3 : 1 010,86 €,
- GIR 4 : 674,28 € ;
• **les ressources :** la personne dépendante doit participer au financement du plan d'aide en fonction de ses ressources. Plus précisément, sont retenus les revenus figurant sur le dernier avis d'imposition ainsi que les produits de placement soumis à prélève-

ment libératoire. Sont également pris en compte les biens immobiliers (hors résidence principale) et les capitaux ni exploités ni placés. La participation des personnes dépendantes au plan d'aide a été réformée le 1er mars 2016 :
- celles dont les ressources mensuelles ne dépassent pas 813,39 € en sont exonérées en 2020. Exemple : une personne classée GIR 1 dont le plan d'aide a été fixé au maximum, c'est-à-dire à 1 742,35 €, recevra une APA, en 2020, de ce montant si ses ressources ne dépassent pas 813,39 € par mois ;
- avec des ressources comprises entre 813,40 et 2 995,53 € : la participation varie entre 0 et 90 % de la valeur du plan d'aide selon ses ressources ;
- avec un revenu supérieur à 2 995,53 €, la participation est maximale et correspond à 90 % du plan d'aide.

À NOTER

Les avantages supplémentaires de l'APA L'APA est exonérée d'impôt sur le revenu, de CSG et de CRDS.
Les sommes accordées au titre de cette allocation ne sont pas récupérables sur la succession du bénéficiaire, sur le légataire ou sur le donataire. En revanche, il a été jugé que si l'APA a été indûment versée du vivant du bénéficiaire, les sommes en cause pouvaient être récupérées sur la succession, chaque héritier étant débiteur du département à hauteur de sa part successorale (Conseil d'État, 10 mars 2010).

En outre, le montant du plan d'aide peut être majoré pour financer un intervenant en remplacement du proche aidant et cela dans deux cas :
- 508,23 € au maximum par an en 2020 pour financer une solution de répit, par exemple le recours à une structure d'accueil temporaire, de relais à domicile, ou à tout autre dispositif permettant de répondre au besoin de l'aidant ;
- jusqu'à 1 009,73 € en 2020 en cas d'hospitalisation de l'aidant : cette aide peut être accordée pour financer un hébergement temporaire de la personne dépendante ou l'intervention de professionnels à domicile. La demande doit être faite au président du conseil départemental. En cas d'hospitalisation programmée, elle doit être déposée au plus tard 1 mois avant la date de l'hospitalisation.

ATTENTION
Ces deux majorations ne sont accordées que si le proche aidant se fait remplacer par un professionnel.

À NOTER
Selon la loi relative à l'adaptation de la société au vieillissement du 28 décembre 2015, est considéré comme proche aidant d'une personne âgée son conjoint, son partenaire pacsé, son concubin, un parent (ou son conjoint) ou la personne résidant avec elle ou entretenant avec elle des liens étroits et stables comme un voisin ou un ami. Il faut, en outre, qu'il lui apporte son aide dans la vie quotidienne de manière régulière et à titre non professionnel.

Le versement de l'allocation

L'APA est en principe versée tous les mois. Les personnes dépendantes qui vivent à leur domicile et perçoivent l'APA conservent cette allocation en cas d'hospitalisation, sauf si celle-ci dure plus de 31 jours. Au-delà du 31e jour, le versement est suspendu, mais l'allocation est de nouveau servie à compter du 1er jour du mois au cours duquel cesse l'hospitalisation.
Toutefois, en cas d'hospitalisation à domicile et quelle que soit la durée de mise en place du dispositif, l'APA est maintenue. En effet, il est possible de cumuler des aides à la personne, humaines ou techniques financées par l'APA et des prestations de soins dispensées au domicile par des intervenants médicaux ou paramédicaux (Réponse ministérielle n° 08895, JO Sénat du 27 mars 2014).

À NOTER
L'APA n'est pas retenue lors de l'appréciation des ressources pour l'attribution de l'allocation de solidarité aux personnes âgées (ASPA), la pension de réversion de la retraite de base, l'allocation veuvage et l'allocation supplémentaire d'invalidité (ASI) (CNAV, diffusion des instructions ministérielles 2013/8 du 5 décembre 2013).

Le contrôle de l'effectivité de l'aide

À la demande du président du conseil départemental, le bénéficiaire de l'APA est tenu de produire tous les justificatifs de dépenses correspondant au montant de l'allocation qu'il a perçue

et de sa participation financière. Si l'intéressé ne répond pas à cette demande dans un délai d'1 mois, le versement de l'APA peut être suspendu.
Le bénéficiaire de l'APA doit, en outre, déclarer au président du conseil départemental l'identité des salariés et des services à la personne qui lui apportent de l'aide.
Le versement de l'allocation peut d'ailleurs être suspendu si l'équipe médico-sociale constate que le plan d'aide n'est pas respecté ou que le bénéficiaire n'acquitte pas sa participation au financement du plan.

› Allègement des charges sociales pour l'emploi d'un aide à domicile

L'employeur est exonéré du paiement des cotisations patronales de Sécurité sociale (sauf la cotisation d'accident du travail) pour l'emploi d'un aide à domicile s'il est dans l'une de ces situations :
- être âgé d'au moins 60 ans et dans l'obligation de recourir à une tierce personne pour accomplir les actes ordinaires de la vie ;
- pouvoir prétendre à l'APA ou être titulaire de la carte d'invalidité à 80 % ou de la carte mobilité inclusion invalidité ;
- être titulaire soit de la PCH, soit d'une majoration pour tierce personne ;
- être âgé d'au moins 70 ans et ne pas relever de l'une des catégories décrites ci-avant. Dans ce cas, l'exonération est limitée à un plafond de rémunération fixé, par mois, à 65 fois la valeur du SMIC horaire.

De même, ont droit à cette exonération les personnes ayant à charge un enfant handicapé ouvrant droit au complément de l'allocation d'éducation de l'enfant handicapé (AEEH).
Pour obtenir l'exonération des charges patronales, vous devez en faire la demande à l'URSSAF, sauf si vous avez plus de 70 ans. Dans ce cas, vous en bénéficiez automatiquement sans avoir besoin de faire de démarche.

À NOTER
Si votre proche ou parent ne peut prétendre, à un titre ou à un autre, à un allègement des cotisations sociales, il aura droit à une déduction forfaitaire de 2 € par heure sur la cotisation patronale due au titre des assurances maladie, maternité, invalidité et décès.

› Un crédit d'impôt pour l'aide à domicile

Les salaires et cotisations versés pour l'emploi d'un salarié à domicile ou la facture payée à l'entreprise ou l'organisme agréé qui fournit une aide à domicile donnent droit à un crédit d'impôt. L'avantage fiscal est égal à 50 % du coût total de cette aide prise en compte dans la limite de 12 000 € par an, plus 1 500 € par enfant à charge et par membre du foyer de plus de 65 ans, sans pouvoir excéder 15 000 €. Ce plafond est porté à 20 000 € si le contribuable (ou son conjoint ou partenaire pacsé) est titulaire de la carte mobilité inclusion à 80 % ou invalide et obligé de recourir à l'assistance d'une tierce personne. Idem s'il a à sa charge une personne invalide. Attention, certaines dépenses de services à domicile sont retenues dans la limite d'un sous-plafond, s'intégrant ensuite au plafond général. C'est le cas pour :

- les petits travaux de jardinage : 5 000 € maximum par an ;
- les prestations de petit bricolage : 500 € par an ;
- les dépannages Internet : 3 000 € par an.

Le crédit d'impôt est calculé sur la base des dépenses supportées réellement. Si votre parent ou proche perçoit une aide pour couvrir cette charge (l'APA, par exemple), elle doit être déduite.

L'URSSAF communique le montant des salaires et cotisations supportés par votre proche ou parent aux services fiscaux. Le montant ouvrant droit au crédit d'impôt est ainsi préimprimé sur sa déclaration de revenus. Pour contrôler son montant, il faut consulter l'attestation fiscale sur le site du CESU : www.cesu.urssaf.fr.

À NOTER

Sur le site Internet www.mesdroitssociaux.gouv.fr, il est possible de consulter ses droits aux prestations sociales, de recevoir des informations de la part des organismes qui les gèrent, de réaliser des démarches en ligne. L'accès à ce site se fait par FranceConnect. Ce dispositif est proposé par l'État pour sécuriser et simplifier la connexion aux services publics en ligne. Il consiste à passer par une administration (comme www.impots.gouv.fr, ou www.ameli.fr), en utilisant l'identifiant et le code d'accès à cette administration (numéro fiscal et mot de passe du site des impôts, par exemple).

Des soins tout en restant chez soi

L'état de santé de certaines personnes en perte d'autonomie peut exiger des soins réguliers et attentifs d'infirmiers ou d'aides-soignants sans pour autant justifier une hospitalisation. De la préparation des médicaments à l'aide à la toilette, en passant par l'administration de traitements, les intervenants sont des infirmiers soit libéraux soit relevant des services de soins infirmiers à domicile (SSIAD).

Bénéficier des services de soins infirmiers à domicile (SSIAD)

Les SSIAD, qui ne peuvent agir que sur prescription médicale, contribuent au maintien des personnes à leur domicile. Leurs interventions sont prises en charge à 100 %. Elles peuvent être de courte, moyenne ou longue durée, et même 7 jours sur 7 si cela est nécessaire. Tout dépend de l'état de santé de la personne.

› Qui peut y recourir ?

Peuvent avoir recours à ces services les personnes d'au moins 60 ans, malades ou dépendantes, mais également celles de moins de 60 ans présentant un handicap ou atteintes d'une pathologie chronique invalidante ou d'une affection nécessitant un traitement prolongé et une thérapeutique particulièrement coûteuse. Ces services ont plusieurs objets :

- dispenser à domicile des soins infirmiers ou d'hygiène ;
- éviter une hospitalisation lorsque celle-ci n'est pas indispensable ;
- faciliter un retour rapide au domicile à la suite d'une hospitalisation ;
- éviter, préparer ou retarder l'entrée en établissement.

› Pour quels types de soins ?

Les équipes des SSIAD sont pour l'essentiel composées d'aides-soignants et d'infirmiers. Elles effectuent des soins infirmiers techniques : injections, surveillance cardio-vasculaire, suivi d'un traitement pharmaceutique. S'y ajoutent des soins d'hygiène et une aide spécifique pour accomplir les actes essentiels de la vie quotidienne (toilette, aide à la rééducation et à la motricité). Toutefois, ces soins ne doivent pas être confondus avec l'aide que peut apporter une aide ménagère. Les SSIAD coordonnent également les actions des autres intervenants (kinésithérapeute, services d'aide à domicile, etc.).

ATTENTION

Le nombre de personnes pouvant être prises en charge par le SSIAD est limité (il dépend du nombre de personnels). En cas de refus, la personne dépendante peut être mise sur une liste d'attente.

› Les démarches

Il convient de vous adresser directement aux services de soins infirmiers à domicile. Les coordonnées sont sur l'annuaire du site www.pour-les-personnes-agees.gouv.fr.

Une demande de prise en charge doit être faite auprès de l'organisme d'assurance maladie dont vous dépendez.

À NOTER

Aujourd'hui, différentes structures interviennent au domicile : les services d'aide et d'accompagnement à domicile (SAAD) pour le ménage, les repas, etc., les services de soins infirmiers à domicile (SSIAD) pour les soins ou la toilette. Des services polyvalents d'aide et de soins à domicile (SPASAD) peuvent coordonner, sous l'autorité du médecin traitant, les soins et l'accompagnement.

Faire appel à un infirmier libéral

Les infirmiers libéraux peuvent dispenser des soins à des personnes dépendantes afin de leur permettre de vivre à leur domicile. Pour trouver un professionnel, consultez l'annuaire des professionnels de santé sur www.ameli.fr. Leurs interventions sont prises en charge par la caisse d'assurance maladie dont relève votre proche ou parent, au taux habituel de prise en charge (60 % ou 100 %, notamment pour les personnes atteintes d'une maladie de longue durée).

À NOTER

La démarche de soins infirmiers Afin d'améliorer la prise en charge des personnes fragilisées et de faciliter leur maintien à domicile, l'Assurance maladie, avec les représentants de la profession infirmière, ont élaboré la « démarche de soins infirmiers ». Il appartient au médecin d'en faire la prescription et à l'infirmier de la mettre en œuvre. Celui-ci doit alors faire le bilan des besoins du patient et de son environnement. Trois types d'actes peuvent être proposés : des séances de soins infirmiers, des séances hebdomadaires de surveillance clinique et de prévention, ou encore des séances consacrées à la mise en œuvre d'un programme d'aide personnalisée (en cas d'absence de besoin de soins infirmiers). Dans ce dernier cas, l'infirmier a pour mission d'aider la personne dépendante à accomplir les actes de la vie quotidienne et d'accompagner cette personne ou son entourage dans la recherche d'un aide à domicile pour les actes ne relevant pas de sa compétence (habillage, par exemple).

La démarche de soins infirmiers doit avoir été préalablement validée par le médecin prescripteur.

Être hospitalisé à domicile

L'hospitalisation à domicile (HAD) permet d'assurer au domicile du malade, pour une période limitée, des soins médicaux et paramédicaux continus et nécessairement coordonnés. Ces soins se différencient de ceux habituellement dispensés à domicile par la complexité et la fréquence des actes. Ils permettent de soigner un malade chez lui, comme il le serait à l'hôpital.

Ce dispositif est organisé par les centres hospitaliers et parfois des associations privées loi 1901.

› Dans quels cas recourir à l'hospitalisation à domicile ?

L'HAD permet à des personnes hospitalisées de rentrer chez elles plus rapidement tout en y bénéficiant de soins, même lourds, et d'une surveillance permanente. Le principe est le même que pour les soins à domicile, mais ils mettent en œuvre des moyens, à la fois humains et matériels, beaucoup plus importants, puisque les soins prodigués sont les mêmes que dans le cadre d'une hospitalisation. L'HAD peut aussi éviter une hospitalisation en établissement de soins.

Le malade vit ainsi dans son environnement tout en bénéficiant des soins adaptés à son état.

Les structures d'HAD peuvent même intervenir, sous certaines conditions, dans tous les établissements sociaux et médico-sociaux comportant un hébergement, notamment les établissements d'hébergement pour personnes âgées dépendantes (EHPAD).

L'HAD est assurée, sous la responsabilité d'un médecin coordonnateur, par une équipe pluriprofessionnelle, comportant au moins un infirmier et un assistant social à temps partiel.

Le médecin coordonnateur veille à l'adéquation et à la continuité des prestations fournies aux patients et à la transmission des dossiers médicaux (décret n° 2017-817 du 5 mai 2017).

Depuis le 1er mars 2017, le résident d'un EHPAD peut recevoir dans ce cadre :

- une assistance respiratoire ;
- des traitements intraveineux ;
- des soins palliatifs ;
- une chimiothérapie anticancéreuse ;
- une prise en charge de la douleur ;
- une rééducation orthopédique et neurologique ;
- une transfusion sanguine.

Auparavant, il devait être hospitalisé.

› À quelles conditions ?

Tout malade, sans condition d'âge, peut bénéficier de l'hospitalisation à domicile lorsqu'il est atteint d'une grave affection (cancer, Sida, hémiplégie, etc.). Mais cela ne suffit pas car, pour être admis en hospitalisation à domicile, il faut remplir des conditions et effectuer certaines démarches.

La première chose à faire est de demander l'avis du médecin du service qui prescrit cette solution ; de la même façon, le médecin-conseil de la Sécurité sociale doit donner son accord, ainsi que le malade lui-même.

Ensuite, le malade doit avoir effectué un séjour préalable à l'hôpital. Toutefois, il arrive que l'hospitalisation à domicile soit décidée dans le cadre d'une consultation externe.

Les conditions de logement doivent permettre au malade de choisir cette solution : un minimum de confort et d'espace sont nécessaires et l'environnement familial doit aussi pouvoir assister le malade et le soutenir.

Enfin, il est indispensable d'avoir un médecin traitant en ville de façon à ce qu'il applique les consignes de l'hôpital et joue un rôle d'intermédiaire entre l'hôpital et son patient.

› Quelle prise en charge ?

Les soins sont pris en charge par l'Assurance maladie de la même façon que s'ils étaient prodigués à l'hôpital. Pour les médicaments, les examens, les soins, les visites du médecin traitant, etc., le malade n'a rien à payer, car l'organisme qui gère l'hospitalisation à domicile se fait rembourser par la Sécurité sociale.

À NOTER

Coordination entre les services de l'HAD et les SSIAD Le décret n° 2018-430 du 1er juin 2018 précise les cas où l'intervention conjointe des deux structures au domicile d'un même malade est possible :

- la personne bénéficiait, avant l'HAD, de l'intervention d'un SSIAD depuis au moins 7 jours consécutifs (cette durée minimale n'est pas exigée en cas de chimiothérapie anticancéreuse ou de transfusion sanguine) ;
- la personne a subi une période d'hospitalisation complète : elle devait être prise en charge par un SSIAD avant son hospitalisation et celui-ci a dû conserver dans le planning la place du patient (cela implique donc une hospitalisation courte).

Dans ce cas de cumul d'interventions, les soins infirmiers sont coordonnés par les services d'HAD et les soins relevant de la compétence des aides-soignants sont pris en charge par le SSIAD.

Les solutions d'accueil

➢ Certes, un parent peut vouloir entrer en maison de retraite pour se rapprocher de ses enfants ou ne plus vivre seul. Mais l'entrée en établissement rime souvent avec perte d'autonomie à la suite d'un problème de santé ou d'une chute. Aussi ne se fait-elle que rarement dans un climat de sérénité et répond la plupart du temps à une situation d'urgence.

➢ L'établissement hospitalier annonce la sortie pour un jour proche. Il faut alors trouver une solution, passant par une structure d'accueil temporaire avant d'obtenir une place dans une maison de retraite. Les modes d'accueil de votre parent sont variés et vont dépendre de son état de santé, de son niveau de perte d'autonomie, mais aussi de ses souhaits et de votre disponibilité.

Comment accueillir un parent dépendant chez soi ?

La décision d'accueillir chez soi un parent devenu dépendant se prend généralement dans l'urgence, pour faire face à une situation devenue intolérable. C'est dommage, car cette décision difficile à assumer nécessiterait du temps pour être préparée au mieux.

L'accord de tous

Cette solution chaleureuse nécessite, du fait des conditions de vie d'aujourd'hui, des aménagements afin que soit préservé l'équilibre familial, entre les conjoints, entre les parents et les enfants, et entre le parent accueilli et les autres membres de la famille. Elle peut aussi être, il ne faut pas se le cacher, source de tensions, de fatigue, de frustrations. Aussi l'accord et l'implication de tous les membres de la cellule familiale sont-ils indispensables.

Si cette cohabitation concerne un parent valide et autonome, les conditions de vie ne sont pas bouleversées ; il est possible de s'absenter quelque temps, et les obligations de soins et d'attention peuvent ne pas être pesantes. En revanche, lorsque le comportement ou la santé se détériore sévèrement, la cohabitation devient tout à coup infiniment plus difficile.

La préservation de l'autonomie

Un grave écueil consiste à se substituer à la personne dépendante aussi bien dans les décisions la concernant que dans les gestes de sa vie de tous les jours. Tous les spécialistes de la dépendance mettent l'entourage en garde en lui conseillant vivement de ne pas trop « materner » la personne accueillie.

Vouloir tout faire à sa place part généralement d'un bon sentiment mais se traduit souvent par une progression de la dépendance. Faut-il le rappeler : une personne dépendante a une vie intérieure, au même titre qu'une personne valide, elle ressent des émotions et supporte difficilement qu'on la traite avec pitié ou qu'on l'infantilise.

Il est au contraire recommandé de la pousser à plus d'autonomie et de la stimuler. Parler avec elle, la faire réagir, provoquer sa mémoire par des chansons ou des photos, la faire bouger, se lever ou marcher repousse la dépendance.
Naturellement, la difficulté à vivre cette promiscuité au quotidien et le manque de temps disponible entraînent inévitablement des tensions, des énervements, des impatiences, qui poussent à effectuer, à la place de son parent, des gestes qu'il réalise avec peine. Il est utopique de proscrire totalement ce « soutien ». Il convient simplement de réfréner ces « maternages ».
On ne peut pas non plus occulter le légitime sentiment de rancœur que ressentent à un moment ou à un autre ceux qui vivent dans l'entourage immédiat d'une personne dépendante et qui, par énervement, fatigue ou découragement, lui en « veulent » de leur imposer ces contraintes.
Ce sentiment passager est très culpabilisant puisqu'il sous-entend que nous n'avons pas assez d'amour pour supporter cette défaillance d'un parent. Pourtant, à l'impossible nul n'est tenu et la culpabilité qu'on en retire est injustifiée.

Le recrutement de l'aide

Pour éviter le découragement et l'épuisement, vous devez impérativement vous faire aider, notamment en ayant recours à un salarié qui peut alléger les tâches ménagères, veiller sur la personne accueillie et vous dégager du temps pour vous. Mais qui de vous ou de votre parent doit en être l'employeur ? Selon qui emploie l'aide, les conséquences fiscales et sociales ne sont pas les mêmes et le coût global de l'emploi non plus.
Si votre parent perçoit l'APA, il devra être l'employeur direct de son aide ou avoir recours à un organisme d'aide à domicile. L'APA est une prestation en nature destinée à couvrir des dépenses engendrées par la situation de dépendance et à la charge de la personne en perte d'autonomie. En d'autres termes, elle doit être utilisée pour couvrir ses besoins tels qu'ils ont été définis dans le plan d'aide (voir *Pour les plus dépendants : l'allocation personnalisée d'autonomie (APA)*, p. 44).
Vous pouvez choisir d'embaucher ou de recourir vous-même à un salarié à domicile, pour vous aider dans le surcroît de travail que

représente l'accueil de votre parent. Si vous avez moins de 70 ans, vous ne pouvez pas prétendre à une exonération de cotisations patronales, mais les dépenses d'aide à domicile vous donnent droit à un crédit d'impôt (voir *Un crédit d'impôt pour l'aide à domicile*, p. 50).

Si votre parent est financièrement dans le besoin, vous pouvez financer son aide à domicile. Vous aurez alors le choix entre déduire cette dépense de votre revenu comme s'il s'agissait d'une pension alimentaire et bénéficier du crédit d'impôt pour l'emploi d'un aide à domicile. Faites des simulations sur www.impots.gouv.fr pour savoir quelle est la solution la plus avantageuse fiscalement.

À NOTER

Devenir le salarié de votre parent est tout à fait possible et ne remettra pas en cause le versement de l'APA qu'il perçoit. Mais attention ! Il n'est pas possible de salarier son conjoint, son concubin ou son partenaire pacsé.

Les conséquences fiscales

Si votre parent est dans le besoin, vous pouvez déduire de vos revenus imposables une somme forfaitaire représentant les dépenses que vous engagez pour lui au titre de l'hébergement et de la nourriture, sans avoir de justificatifs à fournir. Cette déduction est égale à 3 535 € pour l'imposition des revenus 2019. Pour profiter de cet avantage, votre parent doit être dans l'une des situations suivantes :

- il n'a pas de ressources ou ne perçoit que l'ASPA ;
- il a plus de 75 ans et dispose d'un revenu imposable inférieur ou égal au plafond de ressources pour bénéficier de l'ASPA, soit en 2019 : 10 418,40 € par an.

Si votre parent est invalide, vous pouvez choisir entre la déduction d'impôt de ses avantages en nature ou son rattachement à votre foyer fiscal. Le rattachement suppose que vous l'hébergiez gratuitement et en permanence. Il vous ouvre droit à une part supplémentaire de quotient familial (une demi-part de rattachement + une demi-part d'invalidité). Vous devez alors ajouter ses revenus aux vôtres.

L'accueil temporaire

Une personne en perte d'autonomie peut avoir besoin d'être accueillie pour une période déterminée, allant de quelques jours à quelques mois dans une maison spécialisée. Ce peut être le cas après une hospitalisation avant un retour à domicile ou l'entrée en maison de retraite, ou pour accorder un temps de répit aux proches aidants. Toujours pour une durée déterminée, l'accueil temporaire peut être à temps complet ou partiel, avec ou sans hébergement (accueil de jour, par exemple). La prise en charge ne peut dépasser 90 jours par an.

Sa mission est double. L'accueil temporaire doit développer ou maintenir les acquis et l'autonomie de la personne accueillie, et faciliter ou préserver son intégration sociale.

Ce mode d'accueil peut être proposé par les établissements d'hébergement pour personnes âgées, dépendantes ou non, les établissements d'accueil des personnes handicapées adultes (foyers d'accueil occupationnels, maisons d'accueil spécialisées, etc.), les résidences autonomie.

TÉMOIGNAGE

Ma mère est restée longtemps alerte. Elle a vécu seule, chez elle, jusqu'à ses 90 ans. Mais on lui a dépisté une maladie grave. Après un séjour à l'hôpital et un traitement particulièrement fatiguant, mon mari et moi avons décidé de l'accueillir à la maison... au moins un temps. Nous pensions qu'un retour à domicile serait possible après une période de convalescence. Mais très rapidement, nous avons constaté que son état de santé ne lui permettait plus de retourner à son domicile, même en organisant un ensemble de soutiens (soins infirmiers et aides ménagères). Ma mère est donc restée auprès de nous. Son état physique s'est peu à peu dégradé et elle est devenue dépendante. Au bout de 2 ans, j'étais à bout de force. La décision a été difficile à prendre et je me suis sentie coupable, mais ma mère vit désormais en maison de retraite. Les premiers mois ont été terribles pour elle, car elle désirait rentrer chez elle. Maintenant, ça va mieux.

Françoise

Qu'est-ce-que l'accueil familial ?

L'accueil familial est une formule qui permet de quitter son domicile sans pour autant entrer dans une institution. C'est une solution intermédiaire entre vivre chez soi et être en maison de retraite qui offre un temps de répit aux proches. L'accueil familial peut être proposé par des personnes seules ou des couples. Ce mode d'hébergement peut être utilisé de façon permanente ou temporaire, à temps complet ou partiel.

Les avantages de la formule

La personne accueillie bénéficie d'une véritable vie familiale, car l'accueillant doit s'efforcer de la faire participer à sa vie quotidienne. Elle dispose d'une chambre individuelle d'au moins 9 m^2 ou d'un logement qui doit être situé dans la maison de la famille. Elle peut y installer des meubles et affaires personnelles. Elle a un libre accès à des pièces communes (salon, cuisine, etc.). Elle est « nourrie, logée, blanchie » et accompagnée dans ses activités quotidiennes. Elle peut prétendre à l'ALS (voir *L'allocation de logement sociale (ALS)*, p. 26) ou à l'APL (voir *L'aide personnalisée au logement (APL)*, p. 25) pour la partie du logement occupée.
L'accueillant familial est affilié au régime général de la Sécurité sociale et bénéficie du même régime fiscal que les salariés.

À NOTER
Les personnes dont l'état de santé nécessite un suivi médical et des soins permanents ne peuvent bénéficier de l'accueil familial.

Comment devient-on accueillant familial ?

Il faut obtenir un agrément du conseil départemental qui est délivré après un entretien du postulant et une visite de son domi-

cile. Il est valable 5 ans pour permettre le réexamen périodique des conditions d'accueil.
Pour l'obtenir, la famille doit disposer d'un logement décent répondant à des normes précises (notamment en termes de surface) et compatibles avec les difficultés de déplacement ou handicaps des personnes accueillies.
Elle doit, en outre, être en mesure d'assurer la santé, la sécurité, ainsi que le bien-être physique et moral de la personne accueillie, de proposer des solutions satisfaisantes pour assurer son remplacement (pour les vacances ou en cas de maladie). Elle s'engage à suivre les formations nécessaires, notamment sur la psychologie des personnes âgées et l'initiation aux gestes de secourisme. À défaut de formation, l'agrément est retiré. La personne accueillie bénéficie d'un suivi médico-social qui prend la forme de visites organisées par les services du département sur le lieu d'hébergement. L'accueillant ne peut s'y opposer.

Les droits et obligations de la famille d'accueil et de la personne accueillie

La personne accueillie et la famille définissent dans le « contrat d'accueil » les droits et obligations de chacun. Ce contrat n'est pas établi librement. Il doit être conforme à un modèle type que vous pouvez vous procurer sur www.famidac.fr. Doivent y figurer notamment : les droits à congés annuels de l'accueillant familial et les conditions de son remplacement (coordonnées du remplaçant), les conditions financières de l'accueil.
La personne accueillie est tenue de souscrire un contrat d'assurance de responsabilité civile pour les dommages qu'elle pourrait causer à l'accueillant familial ou à ses biens. La famille doit faire de même à l'égard de la personne âgée.

À NOTER

Respect mutuel La personne hébergée doit respecter la vie familiale de l'accueillant, faire preuve de réserve et de discrétion.
La famille doit respecter les convictions religieuses, politiques et morales de la personne âgée, lui permettre de recevoir de la visite et en préserver l'intimité.

Le prix de l'accueil

La personne accueillie doit chaque mois verser à la famille :
- une rémunération pour les services rendus dont le montant ne peut être inférieur à 2,5 fois le SMIC horaire par jour, soit 25,38 € depuis le 1er janvier 2020. Elle doit être majorée de 10 % au titre des congés payés ;
- une indemnité journalière pour sujétions particulières qui varie selon le degré d'autonomie de la personne accueillie : elle est due lorsque le niveau de dépendance ou de handicap de la personne accueillie nécessite plus de présence ou de disponibilité. Son montant journalier varie entre 0,37 et 1,46 fois le montant du SMIC horaire, soit entre 3,76 € et 14,82 € au 1er janvier 2020 ;
- une indemnité d'entretien correspondant au remboursement des frais occasionnés pour l'accueil : alimentation, produits d'entretien et d'hygiène (sauf ceux à usage unique), frais de transport, de proximité ayant un caractère occasionnel. Son montant varie entre 2 et 5 fois le minimum garanti par jour, soit entre 7,30 € et 18,25 € au 1er janvier 2020 ;
- un loyer pour la partie de l'habitation occupée : il est négocié entre la personne âgée (ou ses proches) et l'accueillant. Son montant varie selon l'indice de référence des loyers. Le conseil départemental dispose d'un droit de contrôle sur le montant. S'il le considère abusif, l'agrément peut être retiré.

La personne accueillie doit payer, en plus des cotisations sociales sur la rémunération pour services rendus et l'indemnité de congés payés, l'indemnité pour sujétion particulière. Il convient donc de déclarer l'emploi de l'accueillant dans les 8 jours suivant le début de l'accueil et de déclarer chaque trimestre les sommes soumises à cotisations. Les personnes âgées dépendantes sont exonérées d'une partie des cotisations. Si elles remplissent les conditions exigées, elles peuvent obtenir l'ALS pour couvrir le loyer et l'APA à domicile pour les dépenses liées à la dépendance.

À NOTER

Pour trouver une famille d'accueil Se renseigner auprès du conseil départemental ou de Famidac, l'association des accueillants familiaux : www.famidac.fr.

Le rôle du tiers régulateur

Le président du conseil départemental peut faire appel à un « tiers régulateur » dont la fonction consiste notamment à :
- assister la personne accueillie dans les démarches administratives, notamment pour l'établissement de la fiche de paie de l'accueillant ;
- accompagner la personne accueillie pour des sorties non prévues par le contrat d'accueil ;
- mettre en relation la personne accueillie avec un accueillant remplaçant ;
- rechercher des places en établissement.

Le statut de l'accueillant familial

Il peut être rémunéré directement par la personne accueillie dans le cadre d'un contrat, ou bien être salarié des collectivités territoriales ou de leurs établissements publics administratifs. Il a alors le statut d'agent non titulaire de ces collectivités et les frais d'accueil sont réglés à son employeur plutôt qu'à lui. Dans ce cas, il est conclu, pour chaque personne accueillie :
- un contrat de travail écrit entre l'accueillant familial et son employeur personne morale ;
- un contrat d'accueil entre chaque personne accueillie et l'accueillant familial et, si ce dernier le souhaite, l'employeur.

Le nombre de journées travaillées ne peut excéder, pour chaque salarié, un plafond annuel de 258 jours. Lorsque, du fait de la personne accueillie, l'accueil est provisoirement suspendu, notamment en cas d'hospitalisation ou de séjour dans la famille, l'accueillant familial a droit à une indemnité. Les accueillants familiaux ne peuvent se séparer de l'ensemble des personnes accueillies pendant les repos hebdomadaires, jours fériés, congés payés et congés de formation sans l'autorisation préalable de leur employeur. Pendant ces périodes de congé, l'employeur est tenu de prévoir les modalités d'accueil des personnes âgées en leur garantissant un accueil temporaire de qualité par un autre accueillant familial ou dans un établissement social ou médico-social.

À NOTER

Le contrat de cohabitation intergénérationnelle solidaire La difficulté qu'ont certains jeunes pour se loger (les étudiants en particulier) et l'isolement et la solitude de certaines personnes âgées ont favorisé le recours à la colocation intergénérationnelle, qui présente un double avantage : disposer d'un logement gratuit ou peu cher pour les jeunes et rompre l'isolement pour les plus âgés. La loi ELAN du 23 novembre 2018 a donné un cadre juridique à ce mode de cohabitation. Ce contrat concerne une personne de 60 ans et plus, propriétaire ou locataire, qui s'engage à louer ou à sous-louer une partie de son logement à une personne de moins de 30 ans moyennant une contrepartie financière modeste. La durée du contrat ainsi que le montant du loyer sont librement fixés par les protagonistes. La durée du préavis est de 1 mois. Si le senior est locataire de son logement, il devra en informer son bailleur, lequel ne peut s'opposer à cette forme de sous-location. Le contrat peut prévoir la réalisation de menus services par le jeune (de façon ponctuelle et sans rémunération). Les deux parties prenantes peuvent prétendre à une aide au logement de la CAF s'ils remplissent les conditions exigées. Une charte précisant le cadre général et les modalités pratiques de la cohabitation intergénérationnelle solidaire est parue (arrêté du 13 janvier 2020, JO du 15 janvier 2020 ; voir, *Charte nationale relative à la cohabitation intergénérationnelle solidaire*, p. 156).

Quelles sont les structures d'accueil sans assistance médicale ?

À la suite d'un veuvage ou parce que le parent veut se sentir en sécurité dans un établissement disposant de services, la vie en collectivité peut être choisie. Des types de structures s'adressent tout particulièrement à des personnes âgées très faiblement dépendantes ou qui ont encore toute leur autonomie. Le choix se fait ensuite selon ses moyens.

Les foyers logements ou les résidences autonomie

Les foyers logements ont changé de nom. Ils s'appellent désormais les résidences autonomie et ont, en plus, une mission de prévention de la perte d'autonomie. À ce titre, ces établissements doivent proposer aux résidents au moins un service de restauration, un service de sécurité, un service d'entretien du linge et un service d'animation-prévention. En pratique, les structures existantes devront se mettre en conformité au plus tard le 1er janvier 2021. Les résidences autonomie permettent à leurs résidents de conserver leur liberté tout en bénéficiant de services communs.

› Quelle en est l'organisation ?

Concrètement, il s'agit de résidences dans lesquelles le retraité loue un studio ou un deux-pièces. Chaque logement est indépendant et muni d'une petite cuisine. Le locataire est libre de prendre ses repas chez lui, de même qu'il est libre de son emploi du temps et de recevoir des visites comme il l'entend. Les résidences autonomie comprennent au maximum 80 appartements. Les établissements plus récents sont plus petits. Certains sont associés à des EHPAD.

Le décret d'application du 27 mai 2016 de la loi relative à l'adaptation de la société au vieillissement définit une liste de prestations minimales délivrées aux personnes vivant dans les résidences autonomie :
- gestion administrative de l'ensemble du séjour, notamment l'état des lieux contradictoire d'entrée et de sortie, et l'élaboration et le suivi du contrat de séjour ;
- mise à disposition d'un logement privatif avec la possibilité d'installer le téléphone et de recevoir la télévision ;
- mise à disposition et entretien des espaces collectifs ;
- accès à une offre d'actions collectives ou individuelles de prévention de la perte d'autonomie au sein de la résidence autonomie ou à l'extérieur ;
- accès à un service de restauration ;
- accès à un service de blanchisserie ;
- accès à Internet au moins dans une partie de la résidence autonomie ;
- accès à un dispositif de sécurité apportant au résident une assistance et un moyen de se signaler 24 h/24 ;
- accès aux animations et aux activités organisées dans l'enceinte de l'établissement et organisation d'activités extérieures.

Les résidences autonomie sont gérées par des CCAS, des collectivités territoriales, des caisses de retraite ou encore des associations à but non lucratif. Elles sont ouvertes aux personnes âgées de plus de 60 ans qui sont valides et autonomes (relevant des groupes de dépendance GIR 4, 5 ou 6).

Pour accueillir des personnes dépendantes (GIR 1, 2 ou 3), les résidences autonomie doivent remplir plusieurs conditions :
- adapter en conséquence leur projet d'établissement ;
- conclure une convention de partenariat avec, d'une part, un EHPAD et, d'autre part, un service médico-social ou un centre de santé. La résidence autonomie ne disposant d'aucun moyen sanitaire, ces partenariats doivent faciliter les prises en charge sanitaires et médico-sociales ;
- signer un contrat pluriannuel d'objectifs et de moyens avec l'agence régionale de santé et le président du conseil départemental pour bénéficier du « forfait autonomie », lequel finance les actions individuelles ou collectives de prévention de la dépendance

(notamment les rémunérations et charges des personnels tels que les ergothérapeutes, animateurs, etc.).

› Quelles sont les aides au financement ?

Les résidents peuvent percevoir l'ALS (voir *L'allocation de logement sociale (ALS)*, p. 26) ou l'APL (voir *L'aide personnalisée au logement (APL)*, p. 25), selon le statut adopté par la structure d'accueil.
Ils bénéficient également des aides à domicile qu'ils obtiendraient chez eux (aide ménagère ou service de soins à domicile) avec les prises en charge et les aides au financement, s'ils remplissent les conditions nécessaires. Si le montant des revenus est insuffisant, il est possible de demander l'aide sociale à l'hébergement au conseil départemental, si la résidence autonomie est habilitée à l'aide sociale (voir *L'aide sociale à l'hébergement (ASH)*, p. 84).
Enfin, les personnes en résidence autonomie devenant dépendantes peuvent prétendre à l'APA à domicile (mais pas à l'APA en établissement).

Les résidences services

Ce sont le plus souvent des établissements commerciaux installés en centre-ville. Ces résidences offrent la possibilité de continuer à vivre de manière indépendante dans un environnement sécurisé (conciergerie, gardiennage) et d'utiliser des services collectifs (restauration, ménage, animations, etc.). Les résidences services ressemblent aux résidences autonomie, mais en plus luxueuses. Les appartements y sont plus grands et l'offre de services plus développée (bibliothèque, salle de sport, etc.).

À NOTER
La formule s'adresse à une clientèle aisée mais n'est pas adaptée aux personnes âgées dépendantes.

› Quel fonctionnement ?

Les premières résidences services, apparues dans les années 1970, étaient proposées à l'acquisition. Les retraités qui y vivent sont propriétaires de leur logement et la résidence est soumise au statut de la copropriété. Les résidents acquittent donc les charges de copropriété classiques, ainsi que des charges liées aux services proposés. La loi relative à l'adaptation de la société au vieillissement du 28 décembre 2015 distingue les services individualisables et ceux qui ne le sont pas et remédie ainsi au flou qui existe entre charges communes et charges individuelles. Seuls les services spécifiques non individualisables sont des charges de copropriété. Leur coût est donc facturé même si le résident ne les utilise pas. Il s'agit de :

- l'accueil personnalisé et permanent des résidents et de leurs visiteurs ;
- la mise à disposition d'un personnel spécifique attaché à la résidence, éventuellement complétée par des moyens techniques, permettant d'assurer une veille continue de la sécurité des personnes et la surveillance des biens ;
- l'accès libre aux espaces de convivialité et aux jardins aménagés.

Dans les années 2000, les résidences services ont été proposées à la location. Dans ces structures, les retraités sont locataires et une société gère les services. Ils doivent payer un loyer et des charges pour le logement occupé, ainsi que des charges pour les services proposés.

MON CONSEIL

Faut-il acheter ? L'achat d'un logement en résidence services n'est pas conseillé, car il s'agit d'un produit très difficile à revendre en raison des charges très élevées. La location peut être intéressante, mais les loyers sont élevés.

› Quelles aides ?

Les résidences services n'ont pas de vocation sociale. Elles ne sont donc pas habilitées à l'aide sociale. De ce fait, les résidents ne peuvent obtenir l'ASH du département. En revanche, le résident locataire peut obtenir l'ALS (voir *L'allocation de logement sociale (ALS)*, p. 26) s'il en remplit les conditions et l'APA à domicile le cas échéant (voir *Pour les plus dépendants : l'allocation personnalisée d'autonomie (APA)*, p. 44).

À NOTER

Des expériences novatrices Des maisons de retraite autogérées, à loyer modéré, qui ne sont ni des maisons de retraite ni des HLM standard (comme la Maison des Babayagas à Montreuil), accueillent des retraités.

Où se renseigner pour les questions de logement ?

Vous pouvez contacter les CLIC (voir l'encadré À noter dans *Comment trouver une aide ?*, p. 33) qui vous informeront sur les structures existantes.

La consultation du site Internet www.pour-les-personnes-agees.gouv.fr, créé spécifiquement pour les seniors, est également une source précieuse d'informations. Ce portail permet d'avoir accès à des informations pratiques et concrètes sur les lieux d'hébergement – que ce soit en établissement ou en accueil de jour –, les services d'aide et de soins à domicile ou encore les coordonnées du point d'information local. On peut aussi y trouver des renseignements sur les aides financières disponibles et les conditions à remplir pour les obtenir.

Quelles sont les formules d'accueil avec assistance médicale ?

Contrairement aux résidences autonomie, certaines structures, comme les établissements d'hébergement pour personnes âgées dépendantes, disposent de services de soins (soins infirmiers pour l'essentiel).

Les Edilys

Grâce à un accord passé entre des HLM, des caisses de retraite et des organismes sociaux, plusieurs résidences Edilys sont implantées dans l'Hexagone, notamment en Bretagne, à Toulouse, à Lille et à Lyon. De taille moyenne, chaque structure comprend 50 à 80 appartements.

Ces résidences proposent des places pour les personnes âgées désorientées. Elles offrent une garantie de maintien dans les lieux pour le retraité jusqu'à la fin de ses jours, même en cas de dépendance, et un personnel important (environ un salarié pour quatre pensionnaires). Concernant l'aspect financier, le résident paie chaque mois un loyer dont le prix est fonction de la taille de l'appartement (de type T1, T1 bis ou T2), plus des charges de fonctionnement et le coût des services. Les locataires peuvent obtenir l'APL et bénéficier d'une aide ménagère s'ils remplissent les conditions voulues. L'aide sociale peut également participer aux frais dans certaines résidences. Le résident, en fonction de son niveau de dépendance, a droit à l'APA.

Les villages de retraite

Il s'agit d'un ensemble de petits pavillons regroupés à la campagne. Cette formule, inspirée de réalisations étrangères, notamment américaines, se développe lentement en France. Le principe est de préserver l'autonomie de chacun, tout en assurant sécurité,

assistance médicale, animations dans des espaces collectifs et services. Ils regroupent entre 150 et 400 logements, appartements ou maisons individuelles. Dans la grande majorité des villages de retraite, les résidents ne sont pas propriétaires, mais achètent un droit d'usage et d'habitation.
Parmi les avantages qu'ils présentent, les villages de retraite permettent de ne pas souffrir de l'isolement, ils assurent des activités, des services et une assistance médicale, et il y règne une réelle solidarité entre les résidents.

À NOTER

Cette formule de village de retraite a de nombreux partisans qui soulignent et apprécient le judicieux compromis (ville-campagne, appartement-maison, résidence individuelle-logement collectif, etc.). Parmi les inconvénients, on soulignera l'impossibilité d'y demeurer en cas de graves problèmes de santé ou de dépendance durable et un certain isolement géographique.
Mais attention, les prix sont élevés et peuvent constituer une barrière importante !

En France, de telles expériences existent, et notamment dans la vallée de Chevreuse, près de Paris, dans l'Indre ou encore en Charente-Maritime, à Saintes.
Certains promoteurs comme Pierre & Vacances ont construit des résidences spécialement destinées aux seniors dans les régions ensoleillées. L'agencement intérieur a été conçu plus spécialement pour les seniors (maisons de plain-pied équipées de volets roulants programmables, stores électriques).
Pour vous renseigner, les Sénioriales : www.senioriales.com.
Autre exemple, Les Villages d'Or, implantés essentiellement dans le Sud de la France, proposent des appartements de plain-pied avec jardin ou terrasse et des services à la carte. Les adresses de ces structures sont disponibles sur le site : www.les-villages-dor.com.

ATTENTION

En cas d'urgence ! Il existe une formule efficace en cas d'urgence, mais dont le prix est élevé : l'hôtellerie grand-âge. Il s'agit de chaînes d'hôtels qui présentent un bon confort et une surveillance médicale importante. Elles ont, en principe, de la place sans délais. Mais attention : aucune aide financière n'est accordée aux pensionnaires.

Les maisons d'accueil et de résidence pour l'autonomie (MARPA)

Les MARPA sont une création de la MSA. L'objectif est de permettre aux ruraux de continuer à vivre à la campagne. Il s'agit de petites structures qui regroupent une vingtaine de logements. Bien que ceux-ci soient indépendants, la vie collective y est assez développée. L'esprit y est familial et convivial. Les MARPA sont animées par un maître de maison. Les besoins médicaux et paramédicaux sont assurés par des médecins et des infirmiers extérieurs à la structure.
Vous trouverez tous les renseignements sur leur site : www.marpa.fr.

Les établissements d'hébergement pour personnes âgées dépendantes (EHPAD)

Ce type d'établissement regroupe des réalités diverses, d'abord au niveau du statut :
- certaines sont publiques, elles dépendent alors d'une collectivité territoriale ou d'un CCAS ;
- d'autres sont privées, mais à but non lucratif (par exemple, celles des caisses de retraite) ;
- d'autres, enfin, sont privées et à but lucratif.

Contrairement aux formules précédemment décrites, les EHPAD imposent un mode de vie collectif : une simple chambre sans possibilité de préparer ses repas. Ils offrent une liberté beaucoup plus restreinte. Toutefois, chaque résident doit disposer d'un espace bien à lui, dans lequel il peut, sinon installer ses meubles, du moins y ranger ses affaires personnelles. Ces établissements s'adressent à des personnes âgées de plus de 60 ans. Certains d'entre eux sont dotés d'unités de vie pour personnes âgées désorientées, par exemple atteintes de la maladie d'Alzheimer.
Les personnes atteintes de ce type de maladie ont des comportements qui les mettent en danger : les déambulations, la perte de repères dans l'espace, la non-reconnaissance de lieux familiers les amènent à « fuguer ». Les unités de soins spécifiques sont fermées.

Dans cet espace sécurisé de l'EHPAD, sont regroupés entre 10 et 15 chambres, une salle à manger et un salon. Les personnes peuvent donc marcher dans ces espaces sans risque de se perdre. Cette unité de lieu (pour faire les activités, prendre les repas, etc.) constitue un espace rassurant.

› Quel fonctionnement ?

Ces établissements doivent proposer, au minimum, un socle de prestations qui comprend :
- des prestations d'administration générale : gestion du séjour, prestations comptables ;
- des prestations d'accueil hôtelier : chambre individuelle ou double et des locaux collectifs, entretien et nettoyage des chambres, accès aux moyens de communication ;
- des prestations de blanchissage ;
- une prestation d'animation de la vie sociale : animations collectives et activités extérieures.

Les tarifs communiqués par les EHPAD doivent inclure toutes ces prestations.

À NOTER

Les repas servis dans les maisons de retraite doivent respecter des règles de qualité nutritionnelle. Ils doivent être composés en priorité de produits de saison et les menus affichés dans les services. En outre, 4 ou 5 plats doivent être proposés à chaque déjeuner et dîner, les exigences en matière de taille des portions doivent être respectées. Les plats proposés doivent être adaptés aux goûts et habitudes alimentaires des résidents, à leur âge et à leur handicap. Des règles pour le service de l'eau, du pain, du sel et des sauces sont à définir.

En outre, la loi dite Alimentation n° 2018-938 du 30 octobre 2018 oblige les établissements de santé, sociaux et médico-sociaux (notamment les EHPAD) à utiliser des produits biologiques et à proposer des alternatives végétariennes dans leurs restaurants collectifs. À compter du 1er janvier 2022, les produits biologiques devront représenter une part au moins égale à 20 %. Pour lutter contre les perturbateurs endocriniens, les contenants alimentaires (pour cuire, réchauffer ou servir) en matière plastique seront interdits dans les services de restauration collective à compter du 1er janvier 2025 (1er janvier 2028 dans les collectivités territoriales de moins de 2 000 habitants). Depuis le 1er janvier 2020, les bouteilles en plastique sont interdites.

› Quels coûts ?

En 2018, le prix médian d'une chambre en EHPAD était de 1 977 € (source : Étude de la Caisse nationale de solidarité pour l'autonomie publiée en novembre 2019 ; rappelons que le prix médian indique que la moitié des EHPAD pratique un prix inférieur et l'autre moitié un prix supérieur).

Dans ces établissements, un contrat pluriannuel d'objectifs et de moyens (CPOM) est défini, en remplacement des conventions tripartites. Les CPOM sont supposés présenter le double avantage de s'inscrire dans une perspective pluriannuelle et de faciliter la mise en œuvre de logiques de parcours de soins pour les personnes accompagnées. La tarification se compose de trois éléments :

- **le tarif « hébergement »** qui couvre les frais d'administration, d'accueil hôtelier, de restauration, d'entretien et d'animation de la vie sociale de l'établissement qui ne sont pas liés à l'état de dépendance. Ces frais sont à la charge de la personne âgée, mais peuvent être en partie couverts par l'aide sociale départementale. Au moment de l'entrée dans les lieux, un dépôt de garantie peut être exigé, mais son montant ne peut excéder deux fois le tarif mensuel d'hébergement qui reste effectivement à la charge de la personne hébergée (le cas échéant, on doit déduire pour son calcul l'ASH) ;
- **le tarif « dépendance »** est défini à partir du budget « dépendance » de l'EHPAD et permet le financement des prestations d'aide et de surveillance pour l'accomplissement des actes ordinaires de la vie courante : psychologue, aide-soignant, etc. Il est également à la charge de la personne âgée, mais peut être couvert par l'APA. Si, malgré l'APA, le résident n'a pas les ressources nécessaires pour acquitter sa part du tarif dépendance, l'aide sociale départementale peut intervenir. Jusqu'à présent, le forfait dépendance était négocié avec le conseil départemental, selon les besoins et les particularités de l'EHPAD et de ses résidents. Avec la réforme tarifaire engagée par la loi du 28 décembre 2015 relative à l'adaptation de la société au vieillissement, les conseils départementaux établissent un budget dépendance moyen entre tous les EHPAD ;
- **le tarif « soins »** couvre les prestations médicales et paramédicales nécessaires à la prise en charge des affections somatiques et psychiques. Contrairement aux autres, ce tarif est pris en charge en

tout ou partie par l'Assurance maladie. Le budget soins de l'EHPAD est calculé au moyen d'une équation tarifaire prenant en compte l'état de dépendance des résidents de l'établissement et leurs besoins en soins. Les prestations couvertes par le forfait global soins varient en fonction de la présence ou non d'une pharmacie à usage intérieur au sein de l'établissement.

À NOTER

Au décès du résident Dès lors que les objets personnels du défunt ont été retirés des lieux qu'il occupait, seules les prestations d'hébergement délivrées avant son décès mais non acquittées peuvent être facturées. Les sommes perçues d'avance et correspondant à des prestations non délivrées en raison du décès doivent être restituées dans les 30 jours suivant le décès. Par ailleurs, aucune somme ne peut être exigée pour la remise en état des lieux occupés dans le cas où un état des lieux contradictoire n'a pas été réalisé à l'entrée et à la sortie du résident.

› Quelles démarches ?

Les demandes d'admission dans un établissement d'hébergement pour personnes âgées dépendantes doivent être conformes à un dossier unique qui comprend un volet administratif, à renseigner par l'intéressé ou sa famille, et un volet médical, à compléter par un médecin. Ce dossier porte la référence officielle Cerfa n° 14732*03. Il est téléchargeable sur le site www.service-public.fr. Le même imprimé sert pour une demande en accueil de jour, d'hébergement temporaire ou d'hébergement permanent.

À NOTER

Pour aider les personnes âgées et leur famille à choisir un établissement, un comparateur officiel des prix est en ligne sur le site www.pour-les-personnes-agees.gouv.fr. Il répertorie 7 000 établissements. Il permet également de calculer ce qu'il restera à payer à la fin du mois, après déduction des différentes aides.

› Quels droits pour les résidents ?

Les personnes accueillies en maison de retraite sont informées de leurs droits grâce à des documents qui leur sont remis lors de leur entrée dans l'établissement et par l'affichage du règlement de fonctionnement. Elles peuvent participer aux décisions grâce au conseil à la vie sociale.

• **La charte des droits et libertés de la personne accueillie** précise les droits fondamentaux reconnus à la personne accueillie : les résidents sont libres de se déplacer, d'exprimer leurs souhaits et d'accueillir leur famille (voir *Charte des droits et libertés de la personne accueillie*, p. 151).

• **Le contrat de séjour** doit obligatoirement être signé pour tout séjour d'une durée prévisionnelle d'au moins 2 mois (pour une durée plus courte , il doit être établi un document individuel de prise en charge). Établi au moment de l'admission, il doit comporter : les objectifs de la prise en charge, les conditions de séjour et de la participation financière du résident. La loi du 28 décembre 2015 relative à l'adaptation de la société au vieillissement a renforcé la procédure d'acceptation du contrat de séjour au moment de sa signature à l'entrée en maison de retraite, afin de mieux s'assurer du consentement de la personne accueillie, de la connaissance et de la compréhension de ses droits.

• **Le livret d'accueil de l'établissement** détaille les noms des responsables, les modalités de facturation des prestations, les formalités administratives d'admission, les possibilités d'accueil des proches, etc.

• **Le règlement de fonctionnement** définit les droits de la personne accueillie et les obligations et devoirs nécessaires au respect des règles de la vie collective. Il doit comporter entre autres :

- l'organisation et l'affectation à usage collectif ou privé des locaux et bâtiments ainsi que les conditions générales de leur accès et de leur utilisation ;
- les dispositions relatives aux transferts et déplacements, aux modalités d'organisation des transports, aux conditions d'organisation de la délivrance des prestations offertes par l'établissement à l'extérieur ;
- les mesures à prendre en cas d'urgence ou de situations exceptionnelles ;
- les mesures relatives à la sûreté des personnes et des biens ;
- les règles essentielles de vie collective.

À NOTER

Violence envers les personnes âgées Le règlement de fonctionnement doit, en outre, rappeler que les faits de violence sur autrui sont susceptibles d'entraîner des procédures administratives et judiciaires.

› Qu'est-ce que le conseil à la vie sociale ?

Afin que les résidents ne subissent pas le fonctionnement de la maison de retraite mais y prennent part, un conseil à la vie sociale est mis en place dans chaque établissement. Composé de représentants des résidents, du personnel et de l'établissement, il donne son avis et peut faire des propositions sur toute question intéressant le fonctionnement de l'établissement ou du service : l'organisation intérieure et la vie quotidienne, les activités, l'animation socioculturelle et les services thérapeutiques, les projets de travaux et d'équipements, la nature et le prix des services rendus, l'affectation des locaux collectifs, l'entretien des locaux, les relogements prévus en cas de travaux ou de fermeture, l'animation de la vie institutionnelle et les mesures prises pour favoriser les relations entre ses participants, ainsi que les modifications substantielles touchant aux conditions de prise en charge. Il se réunit au moins 3 fois par an.

À NOTER

Les personnes âgées vivant en maison de retraite ont la possibilité de désigner une personne de confiance dans le cas où elles rencontrent des difficultés dans la compréhension de leurs droits.

TÉMOIGNAGE

Mon compagnon, atteint d'une maladie neurodégénérative qui s'est déclarée alors qu'il avait 60 ans, vit dans un EHPAD depuis l'âge de 67 ans. Je suis membre du conseil à la vie sociale. J'ai pris mon rôle au sérieux comme les autres représentants des résidents et des familles. Nous pensions sincèrement pouvoir faire changer les « choses » qui n'allaient pas ou tout au moins obtenir des améliorations. Mais nos propositions se heurtent presque toujours à la même réponse : une fin de non-recevoir en raison des budgets très serrés.

Sylvie

› Les petites unités de vie

Les petites unités de vie sont des petits EHPAD de moins de 25 places. Leur mission première est de mettre à la disposition d'habitants d'un quartier qui éprouvent des difficultés à rester chez eux un logement à leur portée et intégré dans une communauté de village ou de quartier, évitant ainsi le déracinement et la rupture de liens affectifs. La volonté de maintien des liens sociaux et solidaires est essentielle aux yeux de leurs concepteurs.

Leur fonctionnement est semblable à celui d'un EHPAD classique ainsi que les aides accordées aux résidents. Certaines de ces petites unités de vie ont fait le choix de recourir à des professionnels libéraux ou à des services de soins à domicile. Les résidents bénéficient alors de l'APA à domicile et non de l'APA en établissement.

Les unités de soins de longue durée

Les unités de soins de longue durée accueillent et prennent en charge des personnes de plus de 60 ans très dépendantes, dont l'état de santé requiert une surveillance médicale constante. Elles sont adossées à un établissement hospitalier. Les moyens médicaux qui y sont mis en œuvre sont plus importants que dans un EHPAD.

Elles sont soumises à la tarification en trois postes : hébergement, dépendance et soins.

L'admission dans ce type d'établissement se fait en général après une hospitalisation.

Avant de quitter son domicile

› Les questions à se poser

Avant de se décider, il est impératif de savoir clairement où et à quoi on s'engage pour soi-même ou un proche. Puisque, dans beaucoup de cas, la maison de retraite constitue le cadre dans lequel on va terminer sa vie, il est important de limiter les risques d'erreurs ou de mauvaises surprises.
Pour cela, il est impératif de poser certaines questions essentielles :
- Y a-t-il des délais d'attente et combien de temps représentent-ils ?
- L'établissement est-il conventionné au titre de l'APL et est-il habilité par l'aide sociale ?
- Existe-t-il des conditions médicales pour pouvoir y rester (valides, semi-valides, dépendants) et peut-on y finir ses jours ?
- Comment et par qui sont assurés les soins et la surveillance médicale ? Quel est le nombre d'infirmiers présents dans la journée, la nuit, durant le week-end ?
- Quel est le personnel présent pendant la nuit ?
- Quel est le prix de journée et quelles prestations comprend-il ?
- Est-il possible d'apporter ses propres meubles ?
- Quelles sont les pièces climatisées ?
- Y a-t-il une animatrice ? Quelles activités sont proposées chaque semaine ? Quels sont les intervenants extérieurs (ergothérapeute, professeur de gymnastique, etc.) ?
- Un animal de compagnie est-il admis ?
- La famille et les proches peuvent-ils prendre les repas avec le résident ?

› Quelques conseils

Lors de vos contacts téléphoniques préalables avec l'établissement, soyez vigilants à l'accueil, jugez son amabilité et sa capacité à répondre à vos questions.
Lors de la visite, ne vous laissez pas éblouir par des équipements sanitaires ou audiovisuels dernier cri : la qualité d'une maison de

retraite s'apprécie d'abord à l'ambiance qui y règne, au comportement du personnel, à l'humeur des résidents, à la propreté générale. Demandez à consulter les menus et les activités proposées au cours de la semaine. Soyez vigilant sur les points suivants :

- Où se trouvent les personnes âgées lors de votre visite (dans un salon, dans le hall d'entrée) ?
- Sont-elles occupées ou non ?
- Sont-elles dans la salle à manger alors qu'il n'est pas l'heure du repas ?
- Se dégage-t-il une impression d'ennui ? N'oubliez pas que la maison de retraite est un lieu de vie et non un service hospitalier.
- Les résidents sont-ils très âgés et très dépendants ? C'est un élément à prendre en compte si votre proche est encore alerte et autonome.

À NOTER

Premières mesures d'urgence du plan dépendance L'absentéisme du personnel des EHPAD ainsi que le nombre d'accidents du travail et de maladies professionnelles déclarés sont en constante augmentation, ce qui porte préjudice à la performance et à la qualité de l'accompagnement des résidents. Pour juguler ce phénomène, la qualité de vie au travail doit être prise en compte. Les stratégies à mettre en place dans les EHPAD sont pilotées par les agences régionales de santé (ARS). Les partenaires sociaux sont incités à inscrire la qualité de la vie au travail comme un axe prioritaire des programmes de formation continue. Une enveloppe de 16 millions d'euros a été mobilisée pour financer la mesure (instruction n° DGCS/4B/2018/177 du 17 juillet 2018). Un médiateur national et des médiateurs régionaux ou interrégionaux ont été institués pour le personnel de ces établissements. Ils ont vocation à être saisis en cas de conflit entre un agent et sa hiérarchie ou entre agents, dès lors qu'ils sont employés dans le même établissement. Il faut, en outre, que le différend porte une atteinte grave au fonctionnement normal du service. Les conflits sociaux sont exclus du champ de la médiation (décret n° 2019-897 du 28 août 2019).

En outre, les ARS sont invitées à veiller que les fonds versés aux « conférences des financeurs » pour financer des actions collectives de prévention de la perte d'autonomie soient mobilisés pour celles menées par les EHPAD (instruction n° DGCS/3A/CNSA/2018/156 du 25 juin 2018).

Quelles aides financières pour faire face à la dépense ?

Dans bien des cas, le montant de la retraite ne suffit pas à couvrir les frais engendrés par un hébergement en maison de retraite ou dans toute autre structure. Des aides financières permettent de faire face à cette dépense.

Comment couvrir le tarif hébergement ?

› Les aides au logement

Lorsque l'établissement est conventionné au titre de l'APL (voir *L'aide personnalisée au logement (APL)*, p. 25), le résident peut recevoir cette allocation s'il en remplit les conditions nécessaires, notamment de ressources. Sinon, il pourra prétendre à l'ALS d'un montant équivalent (voir *L'allocation de logement sociale (ALS)*, p. 26). Quoi qu'il en soit, l'une comme l'autre ne couvrent jamais la totalité du tarif hébergement.
La demande est à adresser à la CAF dont dépend l'établissement où vit la personne âgée ou à la MSA pour ceux qui dépendent de ce régime.

› L'aide sociale à l'hébergement (ASH)

Il est également possible de demander l'aide sociale à l'hébergement. Il faut pour cela que l'établissement soit habilité à l'aide sociale, ce qui ne peut être le cas des résidences commerciales.

ATTENTION
L'aide sociale départementale n'intervient qu'après la participation financière de certains membres de la famille, tenus par la loi à ce que l'on appelle « l'obligation alimentaire ». Enfants, petits-enfants, belles-filles ou gendres peuvent donc être mis à contribution. Sont toutefois dispensés de fournir cette aide les enfants qui, après signalement de l'aide sociale à l'enfance, ont fait l'objet d'un retrait judiciaire de leur milieu familial durant une période de 36 mois cumulés au cours des 12 premières années de leur vie. Cette dispense s'étend aux descendants des enfants.

L'ASH n'est qu'une avance. En effet, l'intégralité des sommes versées est récupérable sur :
- la succession – quel qu'en soit le montant – du bénéficiaire à son décès ;
- les legs, c'est-à-dire les biens dont a disposé le défunt par testament ;
- les donations faites par le bénéficiaire après sa demande de prestations, mais aussi celles faites dans les 10 années précédentes.

La loi du 28 décembre 2015 relative à l'adaptation de la société au vieillissement étend les possibilités de récupération des aides versées auprès du bénéficiaire d'un contrat d'assurance-vie souscrit par la personne ayant bénéficié de l'aide sociale. Cette récupération ne peut se faire que sur la fraction des primes versées après l'âge de 70 ans sur le contrat d'assurance-vie. Elle ne s'applique qu'à titre subsidiaire, si le montant de la succession et des éventuelles donations n'a pas permis d'opérer une récupération.
En revanche, ni les héritiers ni les légataires ne sont appelés à rembourser avec leur propre patrimoine si le montant de la succession est insuffisant.

› L'obligation alimentaire

Elle existe entre ascendants et descendants : les parents et grands-parents sont tenus à une obligation alimentaire à l'égard de leurs enfants et petits-enfants dans le besoin et ce, quels que soient leur âge et la nature de leur filiation. Réciproquement, et dans les mêmes conditions, les enfants et petits-enfants y sont tenus envers leurs parents et grands-parents, tout comme les beaux-enfants envers leurs beaux-parents (les beaux-parents ayant également une obligation alimentaire vis-à-vis de leurs beaux-enfants). L'obligation existe aussi entre époux tant que dure le mariage.

Lorsque l'obligation alimentaire est mise en œuvre par l'aide sociale départementale, les services de l'aide sociale fixent la participation du département et proposent à chacune des personnes soumises à l'obligation alimentaire leur apport. Cette répartition peut ne pas être suivie par celles-ci.

Les sommes que vous versez directement à l'EPHAD sont déductibles, pour leur montant réel (sans limitation), de vos revenus pour le calcul de l'impôt. Votre parent n'a pas à ajouter la somme en cause à ses propres revenus dans sa déclaration. En revanche, si vous lui versez une pension alimentaire, il doit la déclarer.

À NOTER

C'est toujours le juge aux affaires familiales qui est compétent pour connaître des litiges relatifs à l'obligation alimentaire. L'assistance d'un avocat n'est pas obligatoire.

TÉMOIGNAGE

Quand notre mère a dû s'installer en maison de retraite, s'est posée, pour mes sœurs et moi-même, la question du financement. Ses revenus étant insuffisants, elle ne pouvait, sans aide, payer la totalité des frais. J'ai fait pour elle une demande d'allocation auprès du département. La participation qui était demandée à chacun de nous était importante et nous avons préféré vendre la maison de notre mère. En tant que tuteur de cette dernière, j'ai dû demander l'autorisation au juge.

Claude

Comment couvrir le tarif dépendance ?

› L'allocation personnalisée d'autonomie en établissement

L'APA en établissement est attribuée dans les mêmes conditions que l'APA à domicile (voir *Pour les plus dépendants : l'allocation personnalisée d'autonomie (APA),* p. 44), à savoir : aux personnes ayant au moins 60 ans et présentant un certain niveau de dépendance. Elles doivent relever des GIR 1, 2, 3 ou 4. Le tarif dépendance ne sera, quoi qu'il en soit, jamais couvert totalement par l'APA, le bénéficiaire en gardera toujours une partie à sa charge. Sa participation, établie selon un barème national, est liée à son niveau de ressources :
- pour des revenus mensuels inférieurs à 2 479,46 € par mois en 2020 : elle est égale au tarif dépendance de l'établissement applicable aux GIR 5 et 6 de la grille AGGIR ;
- pour des revenus supérieurs à 3 814,55 € : elle est égale au montant du tarif applicable aux GIR 5 et 6 majoré de 80 % du tarif dépendance de l'établissement correspondant au GIR de la personne dépendante ;
- pour des revenus supérieurs à 2 479,46 € et inférieurs ou égaux à 3 814,55 € : la participation progresse selon le niveau de revenus.

L'allocation versée est égale au montant des dépenses correspondant à la prise en charge par l'établissement en fonction du degré de perte d'autonomie, diminué de la participation du bénéficiaire. Le dossier de demande est à retirer auprès des services du département ou des organismes sociaux (CCAS). Mais il peut également vous être remis par l'établissement lui-même.
La décision d'attribution est prise par le président du conseil départemental. Elle est notifiée dans un délai de 2 mois à compter de la date de dépôt de la demande et précise le montant mensuel de l'allocation et celui de la participation financière. À défaut de notification dans ce délai, l'APA est réputée accordée pour un montant forfaitaire jusqu'à la notification d'une décision expresse.

Comment boucler le financement grâce à l'aide sociale du département ?

Si le montant de l'APA s'avère insuffisant, l'aide sociale peut permettre de boucler le financement. Les démarches et les conditions d'attribution (notamment sur la mise en œuvre de l'obligation alimentaire) sont les mêmes que pour l'ASH (voir *L'aide sociale à l'hébergement (ASH)*, p. 84).

Avantage fiscal

La personne âgée qui vit dans un établissement d'hébergement pour personnes âgées dépendantes ou une section de soins de longue durée d'un établissement de soins a droit à une réduction d'impôt de 25 % pour les frais d'hébergement et les dépenses liées à la dépendance facturés par l'établissement.
Ce taux s'applique sur les dépenses restant à sa charge (déduction faite de l'APA) retenues dans la limite de 10 000 € par an et par personne, soit une réduction d'impôt maximum de 2 500 €. Le plafond de 10 000 € s'applique même si elle n'a pas été hébergée toute l'année. La personne qui ne paie que des frais d'hébergement n'y a pas droit.

À NOTER

La protection du patrimoine Certaines personnes ne peuvent pas recevoir de legs et de donation de la part de personnes âgées en raison de leur statut juridique, de leur fonction ou de l'influence qu'elles pourraient exercer sur le donateur ou l'auteur du testament. Il s'agit :

- des médecins, auxiliaires médicaux (infirmier, kiné, etc.), pharmaciens qui ont prodigué des soins à la personne âgée pendant la maladie dont elle est décédée ;
- des propriétaires, administrateurs et employés des maisons de retraite et établissements hébergeant la personne âgée ou en situation de handicap ;
- des accueillants familiaux de la personne âgée ou handicapée ;
- des tuteurs et curateurs salariés d'un organisme de protection désignés par le juge des contentieux de la protection (ex-juge des tutelles).

Ces professionnels ne peuvent pas non plus être les bénéficiaires d'un contrat d'assurance-vie.

La loi relative l'adaptation de la société au vieillissement du 28 décembre 2015 étend cette liste aux personnes propriétaires, gestionnaires ou employées des organismes de services à la personne, aux bénévoles de ces services et aux employés de maison. En revanche, restent possibles les rémunérations faites à titre particulier en raison de services rendus quand elles sont en rapport avec les facultés financières de la personne qui accorde cette somme d'argent.

Quelle prise en charge pour les frais de soins ?

Les soins sont pris en charge par l'Assurance maladie de la même façon que s'ils étaient prodigués à l'hôpital. Pour les médicaments, les examens, les soins, les visites du médecin traitant, etc., le malade n'a rien à payer, car l'organisme qui gère l'hospitalisation à domicile se fait rembourser par la Sécurité sociale.

Des soutiens et congés pour aider ses proches

➤ Un parent âgé, qui a beaucoup perdu de son autonomie après un séjour à l'hôpital, peut n'avoir comme alternative que de rentrer chez lui. Si l'assistant de vie qui s'occupait de lui est en arrêt maladie, il faut trouver au pied levé un remplaçant. Vous pouvez alors être amené à accompagner ce retour à domicile.

➤ Mais s'occuper d'un parent ou d'un proche dépendant n'est pas forcément guidé par l'urgence.

➤ Dans tous les cas, des droits ont été définis pour faciliter cette solution.

Un véritable statut pour les aidants familiaux

La loi du 28 décembre 2015 relative à l'adaptation de la société au vieillissement a reconnu le rôle des proches auprès d'une personne âgée en leur donnant un statut et des droits.
Le nombre d'aidants est estimé à 8,3 millions en France.

La définition légale du proche aidant

Est considéré comme tel celui qui vient en aide à une personne de manière régulière et fréquente, à titre non professionnel, pour accomplir tout ou partie des actes ou des activités de la vie quotidienne. Le proche aidant peut être le conjoint, le partenaire pacsé ou le concubin de la personne aidée, un parent ou un allié, ou encore une personne résidant avec elle ou entretenant avec elle des liens étroits et stables.

Les avancées timides de la loi du 22 mai 2019

La loi visant à favoriser la reconnaissance des proches aidants du 22 mai 2019 (JO du 23 mai 2019) n'a pas eu l'ampleur attendue. La création d'un véritable statut sera plutôt à l'ordre du jour de la discussion du projet de loi sur le grand âge et l'autonomie. Néanmoins, cette loi a fait entrer, dans le champ de la négociation collective, les aides à mettre en place dans l'entreprise en faveur des salariés ayant un rôle de proche aidant : des mesures facilitant la conciliation de la vie personnelle et la vie professionnelle pourront être arrêtées au niveau d'une branche professionnelle ou négociées dans le cadre d'une convention ou d'un accord collectif d'entreprise. Par ailleurs, elle crée une expérimentation du relayage (voir l'encadré À noter dans *Le relayage expérimenté pen-*

dant 3 ans, ci-après).

Un droit au répit

Les pouvoirs publics accordent désormais un soutien aux aidants familiaux en leur reconnaissant un droit au répit. Afin que les familles ne s'épuisent pas dans une assistance de tous les instants de la personne dépendante, il est possible de faire financer, *via* l'APA, le remplacement de l'aidant familial pendant le temps des vacances, par exemple. Le rôle des aidants et leur situation familiale et professionnelle doivent être systématiquement pris en compte lors d'une demande d'APA ou d'une révision : leurs besoins sont évalués en même temps que ceux de la personne pour laquelle l'APA est demandée. Il doit leur être proposé des aides, conseils et dispositifs de répit et de relais. Le but ? Leur permettre de mieux assurer leur rôle auprès de leur proche et prévenir leur épuisement.

Par conséquent, si vous assurez une présence ou une aide indispensable au maintien à domicile de votre proche dépendant, et que vous ne pouvez pas être remplacé par une personne non professionnelle, le plan d'aide de l'APA peut être majoré de 508,23 € par an pour financer des solutions de répit (par exemple un accueil pendant 1 mois dans un service d'accueil temporaire). Le montant de l'aide au répit est établi par l'équipe médico-sociale du conseil départemental qui se déplace au domicile de la personne dépendante pour évaluer sa perte d'autonomie et établir le plan d'aide.

Le relayage expérimenté pendant 3 ans

La prestation de relayage doit permettre à l'aidant un moment de répit, quel que soit le motif de son départ (vacances, hospitalisation, etc.). Le relayage doit durer au moins 2 jours et une nuit, soit 36 heures consécutives. Il ne s'agit pas de remplacer les services déjà mis en place à domicile pour accompagner la personne aidée, mais de faire effectuer par le relayeur les tâches que réalise l'aidant dans sa vie quotidienne. Peuvent proposer ce type de prestations, par exemple, les services d'aide et d'accompagnement à domicile (SAAD), intervenant en tant que prestataire auprès des personnes âgées ou des personnes handicapées. Pour cela, ils doivent avoir été autorisés par le conseil départemental. Ces prestations sont financées par les aides comme l'APA, la PCH, l'ACTP ou encore l'AEEH.

TÉMOIGNAGE

Ma mère vit chez elle mais a besoin d'une aide importante au quotidien. Âgée de 90 ans, elle souffre d'un diabète sévère. Une fois à la retraite, j'ai pris l'habitude d'y aller chaque jour. Mais au fil des mois, elle perd de plus en plus d'autonomie et sa prise en charge est toujours plus importante, à tel point que je lui consacre une grande partie de mon temps. Mon fils, qui habite dans le Sud, se plaint que je ne vienne plus le voir. Et je ne prends quasiment plus mes petits-enfants en vacances. Mais ma décision est prise et ma mère est d'accord. Elle va aller 2 mois dans un établissement proposant un accueil temporaire. Je sais qu'elle sera dans un cadre sécurisé et que l'on s'occupera bien d'elle. Et ce sera un temps pour moi, pour rendre visite à mes proches et mieux organiser son retour à la maison. Il est indispensable que je me fasse plus aider.

Maryvonne

À NOTER

Les plates-formes d'accompagnement et de répit Initialement prévues par le plan Alzheimer 2008-2012, ces plates-formes sont dédiées aux aidants d'un proche atteint de la maladie d'Alzheimer ou de maladies apparentées. Elles sont d'un grand soutien pour les aidants qui se sentent souvent isolés et s'épuisent dans un accompagnement de tous les instants. Elles offrent une écoute, un soutien dans la gestion des situations difficiles du quotidien, et leur permettent de partager leur expérience avec des professionnels qualifiés et d'autres aidants dans le cadre de groupes de parole.

Si vous devez vous faire hospitaliser

Une majoration de l'APA peut être attribuée (en plus du financement du répit) si vous êtes aidant et devez être hospitalisé.

Son montant maximum peut atteindre 1 009,73 € par an. Cela peut permettre, par exemple, de financer l'accueil de la personne aidée dans un accueil de jour ou un hébergement temporaire. La demande d'aide doit être adressée au président du conseil départemental en indiquant la date et la durée prévisibles de l'hospitalisation. Il faut indiquer les caractéristiques de l'aide apportée par l'aidant, la nature de la solution de relais souhaitée et, le cas échéant, l'établissement ou le service qui pourrait l'assurer.
L'équipe médico-sociale propose des solutions en tenant compte, dans la mesure du possible, des propositions d'organisation formulées par le bénéficiaire, son proche aidant ou son entourage familial. En cas d'absence de réponse du président du conseil départemental 8 jours avant la date de l'hospitalisation et en cas d'urgence, la majoration est attribuée à titre provisoire. Son montant correspond au coût de la solution de relais demandée. Il ne peut être supérieur au maximum de la majoration (1 009,73 €). Si le montant décidé par le président du conseil départemental est inférieur, le surplus sera récupéré.

Des droits pour la retraite

Ces périodes pendant lesquelles vous êtes aidant familial ne sont pas neutres dans le calcul de votre retraite.
• Si vous vous arrêtez de travailler ou réduisez votre activité pour vous occuper d'un parent lourdement handicapé, vous êtes affilié automatiquement et gratuitement à l'assurance vieillesse des parents au foyer (AVPF). Cette période vous permet de valider des trimestres pour la retraite (4 par an). Vous y avez droit, quel que soit le montant des revenus de votre foyer, à condition d'assumer la prise en charge permanente d'une personne lourdement handicapée qui doit être :
- votre conjoint, concubin ou partenaire pacsé ;
- votre père ou votre mère ;
- l'un de vos grands-parents ou arrière-grands-parents ou ceux de votre conjoint, concubin ou partenaire pacsé.
• Si vous vous occupez d'une personne lourdement handicapée présentant un taux d'incapacité permanente d'au moins 80 %,

vous avez droit à une majoration de 8 trimestres au maximum. La personne que vous aidez doit être :
- votre conjoint, concubin ou partenaire pacsé ;
- votre père ou mère, un de vos grands-parents ou arrière-grands-parents ;
- un parent, un grand-parent ou arrière-grand-parent de votre conjoint, concubin ou partenaire pacsé.

Les deux avantages – l'affiliation gratuite à l'AVPF et la majoration de trimestres – sont cumulables.

À NOTER

Le dossier médical partagé (DMP) ouvert au nom de la personne dépendante comporte un volet sur l'identité des personnes qui remplissent auprès d'elle le rôle d'aidant. Ces informations peuvent être renseignées par le titulaire du DMP lui-même ou son médecin traitant.

De façon réciproque, peuvent figurer des informations relatives aux proches aidés dans le DMP du proche aidant. Cette possibilité a été créée par la loi du 22 mai 2019 visant à favoriser la reconnaissance des proches aidants.

Des droits à congé vis-à-vis de votre employeur

Pour permettre une meilleure articulation entre la vie professionnelle et la vie personnelle et familiale, vous avez droit au congé de proche aidant.

Le congé de proche aidant

Le congé du proche aidant s'adresse aux salariés ayant au moins 1 an d'ancienneté dans l'entreprise lorsqu'un de leurs proches présente un handicap ou une perte d'autonomie d'une particulière gravité. Ce congé peut être pris pour accompagner un membre de sa famille ou une personne sans lien de parenté avec laquelle on réside ou entretient des liens étroits et stables.
La personne aidée doit résider en France de façon stable et régulière.

À NOTER
Peu importe que la personne aidée vive en maison de retraite ou chez un proche.

› Quels sont vos droits et obligations ?

Pendant ce congé, vous ne pouvez exercer aucune activité professionnelle sauf à être employé par la personne aidée elle-même.
La période de congé sera prise en compte dans l'ancienneté pour déterminer les droits liés à cette dernière. Quand vous reprendrez votre activité ou votre temps plein, vous devrez retrouver votre emploi ou un poste équivalent et la même rémunération.
Pendant le temps du congé, vous ne recevez pas de rémunération, mais la loi du 24 décembre 2019 de financement de la Sécurité sociale pour 2020 prévoit l'indemnisation du congé de proche aidant. Un décret d'application doit préciser les conditions et le montant de cette indemnisation.
Le bénéficiaire du congé de proche aidant sera affilié automatiquement et gratuitement à l'AVPF.

› Pour quelle durée ?

Le congé de proche aidant ne peut dépasser la durée fixée par la convention ou l'accord de branche ou d'entreprise. À défaut, sa durée maximum est de 3 mois renouvelable, sans pouvoir dépasser 1 an sur toute la carrière. Il est possible d'y mettre fin de façon anticipée dans les cas suivants :
- décès de la personne aidée ;
- si celle-ci vient à vivre en maison de retraite ou à recourir à un service d'aide à domicile ;
- si vos ressources diminuent ;
- si un autre membre de la famille prend un congé de proche aidant.

Vous pouvez, avec l'accord de votre employeur, transformer le congé en période d'activité à temps partiel ou le fractionner. Dans ce dernier cas, vous devrez informer votre employeur au moins 48 heures à l'avance de la date à laquelle vous entendez prendre chaque période de congé.

› Quelles démarches ?

À défaut d'accord d'entreprise précisant la procédure à suivre, vous devez informer votre employeur au moins 1 mois avant le début du congé ou la prise de temps partiel. En cas de renouvellement, un délai de 15 jours doit être respecté.

Le congé peut débuter ou être renouvelé sans délai en cas de dégradation soudaine de l'état de santé de la personne aidée ou de situation de crise nécessitant que vous agissiez dans l'urgence. Dans l'un et l'autre cas, vous devrez fournir une attestation médicale à l'employeur. De même, les délais de prévenance peuvent ne pas être respectés en cas de cessation brutale de l'hébergement du proche en établissement, attestée par le responsable de cet établissement.

TÉMOIGNAGE

Mon père était depuis quelques mois à la retraite quand son comportement a changé. Ses oublis répétés, ses propos parfois incohérents nous ont amenés à consulter un neurologue.

Tests, examens... n'ont rien révélé de particulier. Mais quelques mois après, il était sujet à des hallucinations. Une maladie apparentée à la maladie d'Alzheimer a été diagnostiquée. Son état s'est détérioré et communiquer avec lui est devenu de plus en plus compliqué. Mes sœurs et moi ne savions pas comment nous comporter avec lui. Nous avons suivi auprès de l'Association France Alzheimer* une formation gratuite organisée par un psychologue. Nous y retrouvions d'autres familles en proie à la même détresse. Ces réunions nous ont permis de passer ce cap difficile de l'annonce de la maladie. L'explication des symptômes, de leur évolution, les conseils reçus permettent de surmonter les peurs, d'apaiser les angoisses.

*www.francealzheimer.org

Nathalie

Le congé de solidarité familiale

Ce congé permet à un salarié d'assister un proche en fin de vie. Mais il n'est pas destiné aux seuls aidants familiaux. Le proche doit être atteint d'une pathologie mettant en jeu le pronostic vital ou se trouver dans une phase avancée ou terminale d'une maladie grave et incurable. Ce congé n'est pas rémunéré par l'employeur mais par l'Assurance maladie, qui peut verser une allocation journalière d'accompagnement. Il ne peut être ni refusé ni reporté par l'employeur.

À NOTER

Sur le site www.parlons-fin-de-vie.fr, vous trouverez des informations sur :
- les soins palliatifs ;
- les directives anticipées ;
- la personne de confiance ;
- les espaces où trouver de l'aide (forums, répertoire national des structures d'accompagnement du deuil, etc.).

Il existe également un numéro de téléphone accessible du lundi au vendredi de 10 h à 13 h et de 14 h à 17 h : 01 53 72 33 04.

› Qui peut bénéficier du congé ?

Tout salarié, quelle que soit son ancienneté dans l'entreprise, pour accompagner notamment son père ou sa mère, un grand-parent ou arrière-grand-parent, son frère ou sa sœur, son conjoint, concubin ou partenaire pacsé, ou toute autre personne vivant à son domicile ou l'ayant désigné comme personne de confiance.

À NOTER

La personne de confiance Tout un chacun peut désigner une « personne de confiance » qui l'accompagnera dans les entretiens médicaux et interviendra au cas où elle ne pourrait plus exprimer sa volonté. Son témoignage prévaut sur tout autre témoignage. C'est ce que prévoit la loi du 2 février 2016 créant de nouveaux droits en faveur des malades et des personnes en fin de vie. Il est possible de désigner comme personne de confiance un membre de sa famille, un proche (concubin, par exemple) ou encore son médecin traitant. Le choix doit faire l'objet d'un écrit, le document étant conservé dans le dossier médical. Lors d'une hospitalisation, les services d'admission demandent si le patient souhaite désigner une personne de confiance. La décision est révocable à tout moment.

› La durée du congé

Le congé de solidarité familiale est de 3 mois renouvelable 1 fois. Avec l'accord de l'employeur, le congé peut être transformé en période d'activité à temps partiel ou fractionné, à condition que l'employeur soit averti au moins 48 heures avant la date à laquelle le salarié envisage de prendre chaque période de congé. Dans ce cas, l'absence doit être d'une journée minimum par période de congé. Le congé prend fin :
- soit au terme des 3 ou 6 mois ;
- soit dans les 3 jours qui suivent le décès de la personne accompagnée ;
- soit à une date antérieure.

L'employeur doit être informé de la date de retour au moins 3 jours avant.

› Les démarches

À défaut de convention ou d'accord précisant la procédure, vous devez informer votre employeur 15 jours au moins avant le début du congé et lui fournir un certificat médical pour attester de la gravité de l'état de la personne.

› Le congé de solidarité familiale des fonctionnaires

Les fonctionnaires stagiaires, titulaires ou en détachement peuvent prendre un congé de solidarité familiale pour une période continue d'une durée maximale de 3 mois renouvelable 1 fois ou par périodes fractionnées d'au moins 7 jours consécutifs. La durée cumulée ne peut être supérieure à 6 mois. Ils peuvent choisir un temps partiel à 50 %, 60 %, 70 % ou 80 % du temps complet pendant une période de 3 mois maximum renouvelable 1 fois.
Le bénéficiaire du congé de solidarité familiale perçoit de son administration une allocation journalière d'accompagnement d'une personne en fin de vie dont le montant est aligné sur celle versée aux salariés.
La demande de congé est à adresser à son administration. Dans les 48 heures suivant la réception de la demande, celle-ci informe l'organisme de Sécurité sociale dont relève la personne accompagnée afin qu'il donne son accord pour l'attribution de l'allocation journalière d'accompagnement (voir ci-après). En l'absence de réponse pendant plus de 7 jours à compter de la réception de l'information faite par l'administration, les allocations journalières sont considérées comme accordées.
Les agents non titulaires des trois fonctions publiques bénéficient des mêmes droits.

› Le don de jours de congé à un collègue

Un salarié peut renoncer à une partie de ses congés pour en faire profiter un collègue qui vient en aide à un proche atteint d'une grave perte d'autonomie ou d'un handicap lourd. Ainsi, l'aidant a droit au maintien de sa rémunération pendant ses jours d'absence de son poste de travail. Rapprochez-vous du service du personnel pour bénéficier de ces dons de jours.
Un dispositif voisin existe dans la fonction publique. Les fonctionnaires doivent en faire la demande par écrit à leur administration.

L'allocation journalière d'accompagnement

• Elle est versée aux salariés en congé de solidarité familiale mais aussi aux travailleurs indépendants (artisans, commerçants, professions libérales), aux exploitants agricoles et aux ministres du culte qui ont suspendu ou réduit leur activité professionnelle et qui accompagnent un proche en fin de vie. Les chômeurs indemnisés peuvent également en bénéficier, mais l'allocation journalière ne se cumule pas avec l'indemnisation chômage qui est alors suspendue.
• L'accompagnement de la personne en fin de vie peut se faire à son domicile, au vôtre, au domicile d'une autre personne ou dans un EHPAD.
• La demande est à formuler à l'organisme qui verse les indemnités journalières en cas de maladie (caisse primaire d'assurance maladie pour les salariés) au moyen d'un imprimé spécifique (Cerfa n° 14555*01). Ce formulaire peut être obtenu auprès des organismes d'assurance maladie. Il est également disponible sur les sites Internet www.ameli.fr et www.service-public.fr et il peut être rempli en ligne ou imprimé. À défaut de réponse dans les 7 jours, la demande est considérée comme acceptée.
Si vous interrompez totalement votre activité, vous pouvez obtenir tout au plus 21 jours d'allocation. Son montant est de 56,10 € brut par jour. Son versement est interrompu le lendemain du décès de la personne accompagnée si celui-ci survient dans les 21 jours.
Si le congé a été transformé en période d'activité à temps partiel, vous pouvez percevoir l'allocation pendant 42 jours, mais son montant journalier sera de 28,05 €. Lorsque la personne accompagnée à domicile doit être hospitalisée, l'allocation continue d'être servie les jours d'hospitalisation.

ATTENTION

L'allocation journalière d'accompagnement d'une personne en fin de vie n'est pas cumulable avec :

- l'indemnisation des congés de maternité, de paternité ou d'adoption ;
- l'indemnité d'interruption d'activité ou l'allocation de remplacement pour maternité ou paternité ;
- l'indemnisation des congés de maladie ou d'accident du travail, sauf quand cette indemnisation est perçue au titre de l'activité exercée à temps partiel ;
- les allocations chômage ;
- l'allocation parentale d'éducation ou le complément de libre choix d'activité de la prestation d'accueil du jeune enfant.

La protection des personnes fragilisées

➤ Votre parent âgé ou malade a des difficultés pour gérer ses biens, régler ses factures. Vous pouvez l'aider spontanément à traiter ses affaires courantes, avec son accord bien sûr.

➤ Des outils simples peuvent être mis en place, comme les procurations ou le contrat de mandat.

➤ Ces solutions sont cependant à rejeter lorsqu'un climat de confiance ne règne pas dans la famille ou que la personne âgée est à la tête d'un patrimoine important. Il faut alors recourir à des mesures de protection légales prononcées par le juge des contentieux de la protection (ex-juge des tutelles) : habilitation familiale, curatelle ou tutelle.

Des mesures décidées par la personne âgée elle-même

La personne fragilisée, bien qu'en possession de toutes ses facultés intellectuelles, peut se désintéresser de la gestion de ses affaires courantes et avoir besoin d'être épaulée.
La mise en place de diverses procurations peut répondre à ce besoin.
Pour anticiper un état de dépendance éventuelle, toute personne peut désigner par avance un mandataire chargé de la représenter lorsqu'elle ne pourra plus pourvoir seule à ses intérêts.

Comment organiser le suivi des affaires courantes ?

Avec l'accord de son parent âgé, un de ses enfants peut ouvrir son courrier, contrôler le paiement des factures, s'assurer qu'aucun abonnement ou contrat inutile n'a été souscrit. Cette intrusion dans ses affaires peut cependant être vécue comme une perte de confiance, une infantilisation et une perte de son statut de parent. Cette gestion ne doit pas, quoi qu'il en soit, être réalisée à son insu, mais être connue et acceptée par lui. Il faut enfin, pour son efficacité, qu'elle soit effectuée par un enfant vivant à proximité du parent, disponible et proche affectivement de ce dernier.

TÉMOIGNAGE

Ma mère, ancienne comptable, était la préposée aux questions administratives et financières de la famille. Elle réglait les factures, remplissait la déclaration de revenus, contrôlait les relevés bancaires. À son décès, mon père a dû prendre le relais. Lors de mes visites, j'ai constaté très vite que le courrier n'était pas ouvert. Si j'abordais la question, il se mettait en colère. Mon père a eu un problème de santé qui l'a immobilisé pendant quelques semaines. Comme il ne pouvait plus faire seul ses courses, aller chercher de l'argent ou poster son courrier, je l'ai aidé. À cette occasion, il m'a donné procuration sur son compte bancaire et a abordé la question de ses difficultés à gérer les affaires courantes, notamment à payer les factures en temps et en heure. Désormais, nous prenons un peu de temps pour régler ensemble toutes ces questions. Mais je n'agis jamais à sa place.

Paul

Dans un premier temps, il peut être intéressant de mettre en place des prélèvements pour le paiement de l'essentiel des factures. Il est possible également d'utiliser les services de consultation des comptes à distance par Internet. Le parent doit alors s'abonner à ce service et vous communiquer ses codes d'accès. Il vous faut naturellement définir ensemble les limites de vos interventions afin de ne pas commettre d'erreur (comme payer deux fois une facture).

Gérer la perte d'autonomie : les procurations

Une aide un peu plus soutenue consiste à mettre en place des procurations par lesquelles le parent âgé donne mandat à un proche pour agir à sa place dans un certain nombre de cas. Ce procédé ne concerne pas les personnes incapables au sens juridique du terme, car, pour pouvoir valablement donner procuration à une autre personne, il faut, comme pour tout acte juridique, être sain d'esprit. La procuration peut être donnée pour un temps limité.

› À la banque

Avec la procuration bancaire, le titulaire du compte en banque autorise une tierce personne (appelée « mandataire ») à faire fonctionner le compte. Le titulaire du compte peut donner la procuration à qui il veut : le mandataire n'est pas obligatoirement un membre de la famille. Pour mettre en place la procuration, la personne âgée et le mandataire doivent se rendre en personne à la banque. C'est l'occasion pour l'établissement d'exercer un contrôle restreint sur l'aptitude du titulaire du compte à faire un tel acte. Ce dernier doit remplir un formulaire au contenu variable dans lequel il définit les opérations que pourra effectuer le mandataire. Celui-ci ne peut en aucun cas opérer des changements concernant les placements (clôturer un PEA, par exemple) ni emprunter pour le compte du titulaire du compte.

MON CONSEIL

Lorsqu'une procuration est donnée à un enfant, il est important d'en informer ses frères et sœurs et de les tenir régulièrement informés de la gestion. Même si cela ne prémunit pas contre les tensions qui peuvent naître, cette précaution peut les limiter.

› À La Poste

La procuration peut être donnée pour retirer les lettres et les paquets. La démarche est à faire auprès du bureau de poste.

› À l'assemblée des copropriétaires

Muni d'un pouvoir, vous pouvez représenter votre parent à l'assemblée générale de la copropriété. Votre parent peut vous donner les consignes de vote pour chaque point porté sur l'ordre du jour de l'assemblée ou vous donner carte blanche pour vous laisser le soin de faire le meilleur choix aux vues des discussions menées au cours de l'assemblée.

En outre, les enfants de la personne âgée peuvent devenir membre du conseil syndical mis en place dans l'immeuble de leur parent. Cette mesure permet, dans les immeubles où les copropriétaires sont âgées, que des proches puissent les représenter.

Prévoir son éventuelle dépendance : le mandat de protection future

Le mandat de protection future permet à une personne d'organiser par avance son incapacité à se déplacer en désignant une personne de confiance pour la représenter. En pratique, il s'agit d'un contrat passé entre deux personnes par lequel l'une donne mandat à l'autre pour la représenter pour tout ou partie des actes de la vie au cas où son état de santé ne lui permettrait plus d'assurer elle-même la gestion de ses affaires ou sa propre protection. Par protection de la personne, il faut entendre l'ensemble des questions relatives à la vie personnelle, la santé, les relations aux autres, le logement, les déplacements, les loisirs, etc.

L'intérêt de ce mandat résulte du fait qu'il est conclu alors que la personne dispose de toutes ses capacités et qu'elle peut choisir en toute indépendance une ou plusieurs personnes de confiance. Le mandataire peut être une personne physique ou une personne morale, notamment une association. La personne désignée doit accepter cette tâche. Il est possible de donner mandat à une personne pour la gestion de son patrimoine et à une autre pour s'occuper de ses soins de santé, par exemple. Tout doit être précisé dans le mandat lui-même.

Cette désignation permet d'éviter une éventuelle mesure judiciaire de tutelle (voir *La tutelle,* p. 127) ou de curatelle (voir *La curatelle,* p. 123).

› Les effets du mandat

Le mandat de protection future, comme son nom l'indique, n'a pas d'effet immédiat. Il sera même sans effet si la personne conserve toutes ses facultés physiques et intellectuelles. En revanche, si la personne de confiance désignée constate que la personne n'est plus en mesure, en raison de son état de santé, d'assurer sa propre protection et de gérer ses affaires, elle devra effectuer les démarches nécessaires pour que le mandat prenne effet. Elle devra s'adresser au greffe du tribunal judiciaire du domicile de la

personne à épauler, munie du mandat et d'un certificat médical délivré par un médecin inscrit sur une liste dressée par le procureur de la République. Le greffe du tribunal apposera son visa sur le mandat. Celui-ci devra être présenté auprès des tiers sollicités par le mandataire.
La mise en œuvre du mandat ne fait perdre aucun des droits de la personne épaulée. Tout se passe comme avec une procuration. Elle peut continuer à gérer et à disposer de ses biens sans l'accord du mandataire.

› Les démarches à entreprendre

Le mandat de protection future peut être établi devant notaire ou non. Dans ce dernier cas, on parle d'acte sous seing privé.
Avec le mandat notarié, le mandataire peut disposer de pouvoirs plus étendus quant à la gestion patrimoniale. Il gère les biens du mandant, mais peut également faire des actes de disposition. Il s'agit des actes qui engagent le patrimoine d'une personne, pour le présent ou l'avenir, comme la vente d'un bien ou la conclusion d'un prêt.
Le mandat sous seing privé a des effets plus limités : le mandataire ne peut faire que des actes d'administration, c'est-à-dire uniquement des actes de gestion courante des biens (renouveler le bail d'un locataire, par exemple). Tout acte de disposition nécessite l'autorisation du juge des contentieux de la protection. Pour être valable, ce type de mandat doit être soit contresigné par un avocat, soit conforme au modèle de formulaire Cerfa n° 13592*04. Dans ce dernier cas, il doit être enregistré à la recette des impôts du domicile du mandant. Cette procédure donne lieu au paiement de droits d'enregistrement de l'ordre de 125 €.

› La rémunération du mandataire

Il appartient au mandant, lors de la signature de ce contrat, de décider de la rémunération ou non du mandataire. La fonction peut être exercée à titre gratuit ou donner lieu à une rétribution dont le montant et les conditions sont fixés dans le contrat.
Il peut ainsi être prévu que le mandataire se fera rembourser les frais qu'il supporte sur le patrimoine du mandant et sous réserve qu'il les justifie. Une rémunération, en plus des remboursements,

peut également être envisagée sous forme de rémunération soit forfaitaire, soit proportionnelle au temps passé à la gestion du patrimoine.

› Le contrôle du mandataire

Le mandant peut désigner, dans le mandat de protection future, une personne pour contrôler son mandataire. Celle-ci doit accepter d'assurer ces tâches de contrôle.

Chaque année le mandataire doit établir un rapport écrit concernant les actes réalisés pour les soins du mandant et un compte de gestion.

En cas de difficulté, toute personne, y compris le mandant, peut saisir le juge des contentieux de la protection qui pourra prendre toute mesure pour assurer sa protection.

› La fin du mandat de protection future

Tant que le mandat n'a pas été mis en œuvre, il peut être révoqué à tout moment. Il suffit de barrer chaque page du mandat en y inscrivant la mention « révoqué » et en datant et signant chaque page. Le mandataire, ainsi que les personnes désignées pour le contrôler, doivent en être informés par lettre recommandée avec avis de réception.

Lorsque le mandat est mis en œuvre, il prend fin dans trois situations :

- la personne épaulée retrouve ses facultés ;
- la personne épaulée est placée sous tutelle ou curatelle ou décède ;
- le mandataire est placé sous tutelle ou curatelle, se retrouve en faillite personnelle ou décède.

MON CONSEIL

Votre parent est vulnérable et vous craignez que des personnes de son entourage ne lui soutirent de l'argent. Comment réagir ?

• Sur ses relevés de compte, vous constatez des retraits d'argent qui ne correspondent à aucune dépense justifiée. Sans preuve pour identifier le bénéficiaire de ces largesses, vous ne pourrez rien faire pour annuler ces divers dons et cadeaux. Pour que cessent ces agissement, vous pouvez saisir le juge des contentieux de la protection (qui exerce désormais les fonctions de juge des tutelles) pour obtenir une mesure de protection (tutelle ou curatelle). Si des mesures urgentes s'imposent, demandez au juge une mesure de sauvegarde de justice. Il est libre d'y répondre favorablement ou non. Cette mesure provisoire permet de contester plus facilement les opérations que votre parent pourrait faire si elles étaient contraires à ses intérêts.

• Les malversations sont réalisées par le proche qui a la procuration sur le compte de votre parent. Il est possible de faire un recours pour abus de faiblesse devant le procureur de la République.

• S'il s'agit d'une donation, il est possible d'obtenir sa nullité auprès du tribunal judiciaire, en prouvant que votre parent n'était pas sain d'esprit au moment de l'acte. Vous devez vous adresser à un avocat pour engager la procédure.

• Vous vous apercevez, au décès de votre parent, d'indélicatesses commises par l'un des héritiers. Si vous êtes en mesure de prouver les faits matériels (non-déclaration d'une donation faite de la main à la main, d'un prêt, de retrait sur le compte du défunt, etc.) et l'intention de l'héritier indélicat d'obtenir une part d'héritage plus importante, vous pouvez engager devant le tribunal judiciaire une action pour « recel successoral ». Vous devrez être assisté par un avocat.

À NOTER

Qu'est-ce que la maltraitance ? La maltraitance s'entend de toute forme de violences physiques ou psychologiques. Un comportement passif, s'il nuit à la personne vulnérable, est considéré comme de la maltraitance : privation de soins, d'alimentation, etc. Elle peut être le fait d'un membre de la famille, d'un proche (un voisin, une connaissance), d'un salarié (auxiliaire de vie, aide à domicile), d'un fournisseur de soins, du personnel d'une maison de retraite ou de toute autre personne qui occupe une position de confiance ou d'autorité. Vous pouvez obtenir écoute et conseil au 39 77 (du lundi au vendredi, de 9 h à 19 h) ou signaler de tels comportements à l'Agence régionale de santé ou au procureur de la République.

Une solution intermédiaire : l'habilitation familiale

Au lieu de demander la mise sous tutelle ou sous curatelle d'un proche qui n'est plus en mesure de gérer son budget ou de prendre des décisions pour lui-même ou son patrimoine, il est possible de demander une mesure d'habilitation familiale au juge des contentieux de la protection.

Les avantages de l'habilitation familiale

La formule est administrativement moins contraignante pour la personne habilitée qu'une mesure de protection des majeurs. Un tuteur doit par exemple rendre compte de sa gestion au greffier en chef du tribunal judiciaire une fois par an, avec justificatifs des dépenses à l'appui, ce qui n'est pas le cas d'une personne habilitée. Cette formule est concrètement une réponse intermédiaire entre la gestion spontanée et la mesure de protection de type tutelle. Elle donne un cadre juridique au proche qui se charge gratuitement des affaires de son parent, sans lui imposer d'autres démarches.

À NOTER

Si le juge des contentieux de la protection prononce une habilitation générale, cette information est inscrite en marge de l'acte de naissance.

Les cas de mise en œuvre

L'habilitation familiale peut être mise en œuvre à l'égard de « *toute personne dans l'impossibilité de pourvoir seule à ses intérêts en raison d'une altération, médicalement constatée, soit de ses facultés mentales, soit de ses facultés corporelles de nature à empêcher l'expression de sa volonté [...]* » (article 425, Code civil). Concrètement, elle peut être prononcée en cas de besoin d'assistance, et non plus seulement de besoin de représentation, pour réaliser des actes de gestion des biens de la personne vulnérable. Une personne habilitée à

assister un proche ne peut pas effectuer elle-même des actes, comme gérer les comptes de la personne vulnérable ou vendre l'un de ses biens, mais elle appose sa signature au côté de celle du majeur protégé lors de la conclusion d'actes écrits.
La demande d'habilitation familiale doit être accompagnée d'un certificat médical rédigé par un médecin inscrit sur une liste établie par le procureur de la République. Cette liste peut être obtenue auprès du tribunal judiciaire.

Les démarches

La décision d'habilitation familiale est prise par le juge des contentieux de la protection. Pour obtenir une telle décision, il faut déposer une requête accompagnée du certificat médical au tribunal judiciaire.
La demande peut être présentée par le proche qui souhaite exercer le mandat d'habilitation ou par le procureur de la République, à la demande de l'un des proches. Elle peut même être présentée par la personne vulnérable elle-même.
Peuvent être habilités :
- un descendant (enfant, petit-enfant, arrière-petit-enfant) de la personne à protéger ;
- un de ses frères et sœurs ;
- son partenaire pacsé ou son concubin.

À NOTER
Les parents, pour une personne plus jeune à protéger, peuvent également être habilités.

Pour prendre sa décision, le juge reçoit les proches demandant la mesure et la personne vulnérable, sauf si son état de santé ne le permet pas. Le juge doit s'assurer que tous les proches, dès lors qu'ils entretiennent des liens étroits et stables avec la personne ou manifestent de l'intérêt à son égard, adhèrent à ce projet ou, en tout cas, n'y sont pas opposés. Au vu de tous ces éléments, il choisit la personne habilitée et fixe l'étendue de ses pouvoirs. Celle-ci doit agir dans l'intérêt de la personne vulnérable.
Si une habilitation de représentation générale est prononcée, la personne habilitée peut accomplir :

- des actes d'administration, c'est-à-dire de gestion courante (ouverture d'un compte, signature d'un bail, etc.) ;
- des actes de disposition : ces actes modifient le patrimoine (vente d'un bien, conclusion d'un emprunt, donation).

Elle peut, en outre, prendre des décisions pour la protection de la personne elle-même, comme autoriser des actes médicaux.

L'habilitation peut être limitée aux actes de disposition (ou certains d'entre eux). C'est au juge d'en décider au regard des facultés de la personne vulnérable, mais aussi de ses intérêts.

L'habilitation peut être prononcée pour de l'assistance uniquement (voir *Les cas de mise en œuvre,* p. 114).

En outre, il existe une passerelle entre les mesures de protection juridique et l'habilitation familiale : lorsque le juge est saisi d'une demande de tutelle ou de curatelle, il peut prononcer une habilitation familiale s'il estime qu'elle est mieux adaptée à la situation. L'inverse aussi est vrai : si le juge est saisi d'une demande d'habilitation familiale et que les conditions de cette mesure ne sont pas réunies, il peut statuer pour une tutelle ou une curatelle.

À NOTER

La responsabilité de la personne habilitée

- Si la personne protégée accomplit seule un acte pour lequel elle aurait dû être représentée, l'acte est nul sans qu'il soit nécessaire de justifier d'un préjudice.
- Si elle accomplit seule un acte pour lequel elle aurait dû être assistée, l'acte ne peut être annulé que s'il est établi que la personne protégée a subi un préjudice.

Une protection renforcée : la mesure de protection juridique

Quand l'état physique ou mental de la personne se dégrade grandement alors qu'un proche ne peut l'assister de façon continue ou qu'un climat de suspicion règne dans la famille, mieux vaut recourir à une mesure de protection juridique. C'est le juge des contentieux de la protection qui décide de l'opportunité de mettre en place l'une des trois mesures de protection juridique : la sauvegarde de justice, la curatelle ou la tutelle.

› Quand la mesure s'impose-t-elle ?

La décision de demander une mesure de protection juridique pour son parent n'est pas facile à prendre, car l'enfant, en devenant tuteur ou curateur, exerce une autorité sur son parent. Les rôles de chacun s'en trouvent inversés. Aussi, la décision ne doit être prise que dans des cas extrêmes. D'ailleurs, le juge n'ordonnera une telle mesure qu'en cas de nécessité absolue.

MON CONSEIL

Avant d'engager une procédure de mise sous protection pour votre parent, demandez conseil à son médecin traitant. Si votre proche se trouve en maison de retraite, adressez-vous au cadre infirmier ou médecin coordonnateur de l'établissement. Vous pouvez également vous adresser à l'assistant social du secteur (coordonnées à la mairie du lieu de résidence de la personne à protéger).

Selon l'article 425 du Code civil : « *Toute personne dans l'impossibilité de pourvoir seule à ses intérêts en raison d'une altération, médicalement constatée, soit de ses facultés mentales, soit de ses facultés corporelles de nature à empêcher l'expression de sa volonté peut bénéficier d'une mesure de protection juridique [...]* ».

Il n'existe pas de liste des maladies qui entraînent automatiquement une protection juridique. L'altération des facultés mentales peut être due à la maladie, à une infirmité ou à un affaiblissement dû à l'âge. En dehors des malades mentaux ou des handicapés

mentaux, cette situation concerne le plus souvent aujourd'hui les personnes âgées manifestant des signes de sénilité. Ainsi, les troubles spatio-temporels, l'amnésie, la démence sénile et, en règle générale, toutes les marques de sénilité qui peuvent résulter, par exemple, d'un accident vasculaire cérébral ou de maladies neurodégénératives (maladie d'Alzheimer) justifient un des régimes de protection prévus par la loi.
Ces situations sont de plus en plus fréquentes du fait de l'allongement de la durée de la vie. L'altération des facultés corporelles justifie une mesure de protection seulement si elle empêche l'expression de la volonté : personne atteinte de mutisme ou de paralysie faciale. Ce cas est plus rare. En revanche, sont fréquentes les situations où l'altération des facultés corporelles s'accompagne d'une altération des facultés intellectuelles et, à ce titre, ouvrent droit à un régime de protection. Étant donné que l'altération des facultés personnelles recouvre des situations très différentes, qui peuvent entraîner la mise en place d'un régime de protection limitant la capacité de la personne, la loi exige que cette altération soit médicalement constatée.

› Quelles démarches entreprendre ?

La demande de mesure de protection s'appelle une requête. Elle est faite par écrit au juge des contentieux de la protection auprès du tribunal judiciaire du lieu de résidence de la personne à protéger. Cette procédure peut être engagée par :
- la personne elle-même ;
- son conjoint, son partenaire pacsé ou son concubin (à condition qu'ils ne soient pas séparés) ;
- un parent ou une personne ayant des liens étroits et stables avec elle (un ami, par exemple) ;
- le procureur de la République.

Les personnes qui ne relèvent pas de cette liste, comme par exemple le médecin traitant, le directeur de la maison de retraite, les services sociaux, doivent adresser la demande au procureur de la République qui traitera alors le signalement. Ce dernier peut, selon le cas, orienter le dossier vers les services sociaux du département ou le juge des contentieux de la protection, ou classer la demande s'il la considère injustifiée.

Dans la requête, vous exposerez de façon précise les raisons pour lesquelles vous demandez une mesure de protection. Vous y joindrez un certificat médical détaillé, rédigé par un médecin à choisir sur une liste établie par le procureur de la République. La liste peut être obtenue au greffe du juge des contentieux de la protection. Le médecin doit apprécier, au cours d'une consultation, l'état de santé de la personne à protéger et constater, le cas échéant, l'altération de ses facultés mentales. Le coût de cette consultation est de 160 € et est à la charge de la personne vulnérable.

À NOTER

Adresses utiles Les courriers adressés au procureur de la République sont à envoyer à l'adresse du tribunal judiciaire.
Pour connaître les adresses des tribunaux : www.annuaires.justice.gouv.fr, rubrique « Lieux de justice ».

› Une mesure adaptée aux capacités de votre parent

Au cours d'une audition chez le juge, la personne à protéger peut exprimer ses souhaits, ses besoins, sa situation. Elle peut se faire assister d'un avocat ou, avec l'accord du juge, d'une personne de son choix (un de ses enfants, un parent, un ami). L'audience se fait, en principe, au tribunal judiciaire. Mais le juge peut se rendre au domicile ou à la maison de retraite où vit la personne à protéger si celle-ci n'est pas en mesure de se déplacer. Il n'organisera pas d'audience si elle est de nature à porter atteinte à la santé de la personne à protéger ou si cette dernière ne peut, en raison de son état physique ou mental, exprimer sa volonté. Le juge des contentieux de la protection peut, en outre, vouloir auditionner certains des enfants et des proches.

Au vu du certificat médical et après audition de votre parent et de son entourage (conjoint, compagnon, enfant), le juge des contentieux de la protection prononce, si besoin est, une mesure de protection juridique en rapport avec le degré d'altération des facultés de la personne à protéger. Pendant la durée de la procédure, le juge peut prendre la décision de placer votre parent sous sauvegarde de justice, avant même de l'avoir reçu, s'il a besoin d'être protégé immédiatement. Vous pouvez d'ailleurs en faire la demande dans

votre requête, le juge étant libre d'y répondre favorablement ou non. Il peut également prononcer une mesure d'habilitation familiale s'il considère que cette mesure est mieux adaptée (voir *Les démarches,* p. 115).
Aucun texte ne fixe la durée maximum de la procédure. Celle-ci varie d'un tribunal judiciaire à l'autre en fonction du nombre de dossiers à traiter, mais aussi de la complexité de la situation.

La sauvegarde de justice

Cette mesure de protection laisse une grande liberté à la personne protégée. Elle continue à disposer de son chéquier, de sa carte bancaire, à pouvoir signer des contrats, vendre, acheter. Mais si les opérations qu'elle réalise sont contraires à ses intérêts, grâce à la sauvegarde, il sera plus facile de les contester.

› Comment s'ouvre la sauvegarde de justice ?

Cette mesure s'adresse aux personnes dont les facultés personnelles sont altérées et qui sont dans l'impossibilité de pourvoir seules à leurs intérêts. Elle peut résulter :
- soit d'une déclaration faite au procureur de la République par le médecin de la personne, accompagnée de l'avis conforme d'un psychiatre, ou par le médecin de l'établissement de santé où se trouve la personne ;
- soit par décision du juge des contentieux de la protection à la suite d'une requête. Ce placement est notifié au requérant et à l'intéressé. La mise sous sauvegarde ne peut faire l'objet d'aucun recours.

À NOTER

Le mandataire spécial Si cela s'avère nécessaire, pendant la période de sauvegarde de justice (en particulier en cas d'hospitalisation longue), le juge des contentieux de la protection peut charger un proche, par exemple, d'effectuer certains actes à la place de la personne protégée (percevoir des loyers, signer un bail). Ce mandataire spécial devra rendre des comptes à la personne protégée et au juge à la fin de sa mission.

› Comment est-elle organisée ?

La sauvegarde de justice n'impose pas nécessairement l'intervention d'une personne chargée de s'occuper des intérêts de la personne protégée. En effet, cette dernière conserve sa capacité juridique. Néanmoins, elle peut elle-même se choisir un représentant (mandataire). Sinon, c'est le juge des contentieux de la protection qui le désigne.

• Si aucun mandataire n'a été choisi ou désigné, la loi impose à certaines personnes d'accomplir les actes conservatoires que nécessite la gestion du patrimoine de l'intéressé. Un acte conservatoire est un acte nécessaire et urgent visant à éviter un appauvrissement et portant sur des sommes modestes. Les personnes à qui cette obligation s'adresse sont celles qui, ayant connaissance de la mesure de sauvegarde, auraient qualité pour demander l'ouverture de la tutelle (conjoint, descendants, ascendants, frères et sœurs de l'intéressé), ainsi que le directeur de l'établissement où est traité le majeur ou, éventuellement, la personne qui l'héberge à son domicile.

• Si un mandataire est choisi, il est tenu de rendre compte de sa gestion et ne doit pas dépasser les limites qui lui ont été données.

› Quels sont les effets de la sauvegarde de justice ?

La personne placée sous sauvegarde de justice, bien qu'elle conserve l'exercice de ses droits et qu'elle puisse s'acquitter seule de tous les actes de la vie civile, pourra plus facilement être protégée contre les conséquences de ses actes s'ils se révèlent dommageables. En effet, en dehors de l'action en nullité ouverte pour cause de trouble mental, deux actions spécifiques sont prévues par la loi :

- l'action en rescision pour lésion permet de demander l'annulation d'un acte passé par un majeur sous sauvegarde de justice dès lors que le contrat fait apparaître un déséquilibre : pour apprécier l'existence de la lésion, on tiendra compte de la fortune de la personne protégée, de la bonne ou mauvaise foi de ceux qui auront traité avec elle et de l'utilité ou l'inutilité de l'opération ;

- l'action en réduction pour excès vise les actes manifestement excessifs au regard des ressources ou des besoins de la personne protégée. L'acte sera réduit ou annulé selon que la prestation est divisible ou non (s'il s'agit de l'achat d'un bien trop important, l'acte sera annulé ; s'il s'agit de l'achat d'une trop grande quantité de biens, l'acte sera réduit).

› Qui peut agir et pendant quel délai ?

L'action en nullité, en rescision ou en réduction n'appartient qu'à la personne protégée ou, le cas échéant, au mandataire spécial désigné par le juge. Le tuteur (mais non le curateur) qui est éventuellement désigné par la suite peut également exercer cette action. Après le décès de la personne protégée, l'action appartient aux héritiers. Elle doit être exercée dans les 5 ans à compter du jour où le majeur a eu connaissance de l'acte et où il était en situation de le refaire valablement.

› Quelle est la durée de la mesure ?

La sauvegarde de justice est une mesure provisoire. Elle est destinée à protéger une personne de manière ponctuelle et donc à cesser, dès lors que celle-ci n'en a plus besoin dans l'attente de la mise en place d'une curatelle ou d'une tutelle.
La sauvegarde de justice ne peut excéder 1 an renouvelable une fois. Elle cesse donc à l'expiration de ce délai ou lorsque les actes pour lesquels elle a été ordonnée ont été réalisés.

À NOTER

La mention de cette mesure n'est pas transcrite sur les actes de l'état civil, car l'intéressé n'est pas privé de l'exercice de ses droits. Elle est seulement inscrite par le procureur de la République sur un répertoire spécialement tenu à cet effet.
Ne peuvent avoir accès à cette information que les autorités judiciaires, certains professionnels (avocats, notaires, huissiers) et les personnes qui ont qualité pour demander l'ouverture d'une tutelle.

La curatelle

La curatelle est un régime intermédiaire entre la sauvegarde de justice et la tutelle. Elle sera choisie par le juge des contentieux de la protection si votre parent a besoin d'assistance ou de contrôle continu pour les actes importants. Elle s'adresse aux personnes qui peuvent effectuer seules les actes de la vie courante : détenir un chéquier, une carte bancaire, percevoir et utiliser ses revenus, etc. Le juge peut prononcer une mesure de curatelle pour une durée qui ne peut excéder 5 ans et qui peut être renouvelée pour une durée identique. Si l'altération des facultés de votre proche apparaît irrémédiable, le renouvellement peut prévoir une durée plus longue, sans pouvoir dépasser 20 ans. L'avis d'un médecin inscrit sur la liste établie par le procureur de la République est alors nécessaire. Il n'en demeure pas moins que la mesure peut prendre fin ou être transformée si l'état de votre proche évolue. Vous pouvez saisir le juge des contentieux de la protection si votre parent a retrouvé toutes ses facultés pour se gérer lui-même ou, au contraire, faire transformer la curatelle en tutelle si son état se dégrade.

L'adulte sous curatelle dispose d'une certaine marge de manœuvre sur son patrimoine : il peut rédiger un testament, vendre des meubles (sauf ceux de sa résidence principale), etc. Pour tous ces actes, il bénéficie de la même protection que la personne sous sauvegarde de justice : ceux qui lui sont préjudiciables pourront être contestés. En revanche, l'accord de son curateur est nécessaire pour tous les actes qui affectent de façon importante ses ressources ou son patrimoine, notamment : pour souscrire, modifier ou mettre fin à des placements, se marier, divorcer, faire une donation, emprunter, vendre un bien immobilier (sauf la résidence principale), se porter caution. Si la personne protégée fait seule, sans l'assistance de son curateur, l'un de ces actes, l'annulation pourra être obtenue si elle en subit un préjudice.

Le juge peut augmenter le nombre d'actes que la personne protégée peut faire seule (curatelle allégée) ou, au contraire, le restreindre avec la curatelle renforcée. Dans ce dernier cas, le curateur doit transmettre dans les mêmes conditions que le tuteur (voir *La gestion des biens*, p. 130) un inventaire des biens de la personne protégée. Enfin, le curateur peut demander au juge des contentieux de la protection l'autorisation d'accomplir seul un acte

que la personne protégée refuse de passer si cette attitude est contraire à ses intérêts ; et la personne sous curatelle peut pareillement obtenir du juge l'autorisation d'accomplir un acte pour lequel le curateur refuse son assistance.
Le curateur peut, par exemple, demander l'autorisation au juge de vendre la voiture de la personne sous protection si l'état de santé de celle-ci est incompatible avec la conduite automobile et que la possession du véhicule entraîne des frais inutiles (assurance, location d'une place de stationnement, etc.) par rapport au niveau de revenus.

Cas pratique

Les droits limités d'une personne sous curatelle

Une personne avait souscrit deux contrats d'assurance-vie en désignant sa fille comme bénéficiaire. Après avoir été placée sous curatelle, elle informe l'assureur par courrier de sa volonté de changer le bénéficiaire de ces deux contrats au profit de son fils. Elle inscrit cette substitution dans un testament authentique (réalisé devant deux notaires). Le curateur valide cette substitution pour un seul des contrats. Au décès de la personne sous curatelle, l'assureur verse le capital du second contrat à la fille du défunt, le curateur n'ayant donné son accord que pour une seule substitution. Le fils assigne alors le curateur en justice pour obtenir des dommages et intérêts.
La Cour de cassation, comme la cour d'appel d'ailleurs, rejette sa demande. Certes, le testament a été valablement rédigé par la personne majeure sous curatelle, mais, pour que le changement de la clause bénéficiaire puisse s'imposer à l'assureur, le curateur devait donner son accord. En effet, si l'article 470 du Code civil autorise une personne sous curatelle à faire un testament librement, sous réserve qu'elle soit saine d'esprit, l'article L. 132-4-1 du Code des assurances rend nécessaire l'assistance du curateur pour changer la clause bénéficiaire d'un contrat d'assurance-vie. Dans ce cas, les règles du Code des assurances priment sur celles du Code civil : l'accord du curateur est donc obligatoire (Cour de cassation, 2e chambre civile, 8 juin 2017, pourvoi n° 15-12.544).

› Comment la curatelle est-elle organisée ?

Le juge des contentieux de la protection désigne le ou les curateurs, éventuellement le subrogé curateur (voir ci-après), et fixe la durée de la mesure de protection.

Il peut, à l'occasion de sa décision :
- ouvrir la curatelle ;
- dans un jugement postérieur et sur avis du médecin traitant du malade, énumérer les actes que le majeur protégé a le droit de faire seul ;
- allonger la liste des actes pour lesquels l'assistance du curateur est nécessaire.

Le curateur conseille la personne protégée et l'assiste pour effectuer certains actes.

Il ne peut jamais se substituer à la personne en curatelle (sauf si le juge l'autorise pour un acte déterminé). Comme le tuteur, le curateur est, en priorité, la personne désignée par le majeur protégé ou à défaut, son conjoint, son partenaire pacsé ou son concubin, ou encore un parent ou un ami. Si personne ne peut exercer cette fonction, le curateur sera un mandataire judiciaire à la protection des majeurs.

Plusieurs curateurs peuvent être nommés et exercer en commun la curatelle si la situation de la personne protégée, les aptitudes de chacun et la consistance du patrimoine à administrer le justifient. De même, un curateur peut être chargé plus spécialement de la protection de la personne protégée et un autre de la gestion de ses biens. Le juge peut aussi confier la gestion de certains biens à un curateur adjoint.

Le subrogé curateur est un membre de la famille ou un proche et, à défaut, un mandataire judiciaire à la protection des majeurs. Il est chargé de surveiller les actes passés par le curateur et d'en référer au juge s'il constate des fautes de gestion.

Il peut également assister ou représenter la personne protégée lorsque les intérêts de celle-ci sont en opposition avec ceux du curateur.

TÉMOIGNAGE

Mes parents ont divorcé il y a plus de 20 ans. Lorsque mon père est tombé malade, il vivait depuis quelques années en concubinage. Son état de santé a très vite exigé qu'il soit mis sous curatelle. Je vis à 600 km chez lui. Cet éloignement rend difficile la gestion de son quotidien. Mais mes relations avec sa compagne ne sont pas des plus apaisées. Le juge des contentieux de la protection a reçu, en audience, mon père, sa concubine et moi-même. Celle-ci a été désignée curatrice et moi subrogée curatrice. C'est un bon équilibre car l'une comme l'autre, nous sommes impliquées dans la mesure de protection.

Martine

› Quels sont les effets de la curatelle ?

La personne placée sous ce régime peut accomplir un certain nombre d'actes seule et, pour d'autres, elle doit se faire assister par son curateur.
À moins que le juge des contentieux de la protection n'ait prononcé une mesure de curatelle renforcée, le majeur protégé peut réaliser seul les actes de conservation et d'administration, mais pas ceux de disposition (vente, prêt, etc.). Il peut rédiger seul son testament, mais doit se faire assister pour faire une donation.

À NOTER

La curatelle renforcée Lorsqu'une curatelle simple paraît insuffisante, le juge des contentieux de la protection peut décider que seul le curateur percevra les revenus de la personne en curatelle, assurera lui-même le règlement des dépenses et versera l'excédent, s'il y a lieu, sur un compte bancaire ou postal laissé à la disposition de l'intéressé ou le versera en main propre.
Chaque année, le curateur établit un compte de gestion auquel sont annexées toutes les pièces justificatives. Il doit l'adresser au subrogé curateur ou, à défaut, au directeur des services de greffe judiciaires pour vérification et approbation. Si l'importance du patrimoine du majeur sous curatelle le justifie, le juge peut décider de soumettre la vérification à un technicien aux frais du majeur protégé.

› La validité des actes

Les actes qui ne nécessitaient pas l'assistance du curateur et que la personne protégée a passés seule sont valables. Néanmoins, par souci de protection pour elle, ils pourront être « rescindés pour lésion » ou « réduits pour excès » comme en matière de sauvegarde de justice (voir *La sauvegarde de justice,* p. 120).
Si la personne protégée a accompli seule un acte pour lequel elle aurait dû être assistée, l'acte ne peut être annulé que s'il est établi que la personne protégée a subi un préjudice.
En revanche, si le curateur a accompli seul un acte qui aurait dû être fait par la personne protégée ou qui nécessitait l'autorisation du juge ou du conseil de famille (voir *Comment la tutelle est-elle organisée ?,* p. 129), l'acte est nul de plein droit, sans qu'il soit nécessaire de prouver qu'il y a préjudice.

› Quand cesse la curatelle et quelle publicité en est faite ?

La curatelle prend fin pour les mêmes causes et dans les mêmes conditions que la tutelle. Elle peut aussi se transformer en tutelle sur demande du curateur ou des personnes autorisées à demander l'ouverture de cette mesure.

À NOTER

Que la personne soit sous tutelle ou sous curatelle, un départ en maison de retraite ou un changement de logement nécessite de demander l'autorisation du juge. Le curateur ou le tuteur doit donc déposer une requête. Il ne peut donner seul son accord.

La tutelle

Si votre parent n'est plus en état de prendre une décision pour lui-même, il doit être représenté de façon continue pour tous les actes de sa vie : le juge prononce une mesure de tutelle. Elle est prononcée essentiellement à l'égard des personnes dont les capacités intellectuelles sont profondément et durablement atteintes (la tutelle est très rarement ouverte en raison d'une infirmité physique). Le majeur sous tutelle peut se marier ou se pacser librement : il n'a pas besoin de demander l'autorisation au juge, mais il doit en informer son tuteur. Ce dernier pourra s'y opposer si les circonstances l'exigent. Le majeur sous tutelle peut effectuer seul des actes de la vie courante (comme faire ses courses), mais il ne peut détenir personnellement ni chéquier ni carte de crédit (il dispose d'un compte porte-monnaie avec une carte de retrait). Le tuteur est autorisé, au nom de la personne protégée et sans autorisation du juge, à percevoir et à utiliser les revenus, à ouvrir un compte bancaire, à déclarer les revenus pour l'établissement de l'impôt, à souscrire une assurance, à faire réaliser des réparations urgentes. En revanche, il doit demander l'autorisation du juge pour obtenir une carte bancaire, souscrire, modifier ou clôturer un placement, accepter une succession, faire une donation, un testament. Pour cela, il adresse une requête, c'est-à-dire une lettre dans laquelle il donne les motifs de sa demande. Enfin, il lui est interdit d'acheter ou de louer un bien appartenant à la personne protégée. Depuis la reforme de la justice la mise sous tutelle ne peut plus faire perdre le droit de vote.

› Quelle est la durée de la tutelle ?

En principe, la tutelle est prononcée pour une durée qui ne doit pas excéder 5 ans. Il est important, en effet, de vérifier régulièrement que la mesure reste adaptée à la situation du majeur protégé et qu'elle ne le prive pas inutilement de sa liberté d'agir.
Toutefois, si l'altération des facultés personnelles de l'intéressé n'apparaît manifestement pas susceptible de s'améliorer, la tutelle peut être mise en place pour 10 ans.
À l'issue de ces délais, le juge peut renouveler la mesure pour la même durée ou, en cas d'absence d'amélioration possible, pour une durée de 20 ans.
À chaque renouvellement, il est exigé un nouveau certificat médical et l'audition de la personne protégée (sauf si celle-ci n'est pas apte à exprimer sa volonté ou si cette audition est de nature à porter atteinte à sa santé).
Le juge peut aussi, à tout moment, mettre fin à la mesure, la modifier ou la remplacer.

› Comment la tutelle est-elle organisée ?

Dans la mesure du possible et de façon générale, le majeur protégé doit être informé de sa situation personnelle, de l'utilité des actes envisagés pour lui, des conséquences d'un refus de sa part, etc.
Le tuteur doit prendre soin de la personne et protéger son patrimoine. Selon la situation de l'intéressé et l'importance du patrimoine à administrer, un ou plusieurs tuteurs peuvent être nommés.
Prioritairement, le tuteur désigné est celui qui a été choisi dans le cadre d'un mandat de protection future par l'intéressé.
À défaut d'un tel choix, le conseil de famille (s'il est constitué : voir ci-après) ou le juge désigne :
- le conjoint de la personne protégée, son partenaire pacsé ou son concubin, sauf impossibilité ou si la vie commune a cessé entre eux ;
- à défaut, un parent, un allié ou une personne résidant avec le majeur protégé et entretenant avec lui des liens étroits et stables. Il est tenu compte des sentiments exprimés par ce dernier, de ses relations habituelles et des recommandations éventuelles de ses parents et alliés ainsi que de son entourage ;
- à défaut, un mandataire judiciaire à la protection des majeurs inscrit sur une liste établie par le procureur de la République.
Un subrogé tuteur peut être désigné parmi les membres de la famille ou les proches du majeur. À défaut de personnes pouvant remplir ce rôle, le juge peut désigner un mandataire judiciaire à la protection des majeurs.
Le subrogé tuteur a pour rôle de surveiller les actes accomplis par le tuteur, de prévenir le juge des contentieux de la protection s'il constate des fautes et d'intervenir à la place du tuteur en présence d'un conflit d'intérêt avec la personne protégée à l'occasion d'un acte particulier. Il peut être chargé par le juge de vérifier et d'approuver les comptes de gestion établis par le tuteur.
Le juge peut organiser la tutelle avec un conseil de famille. Il y aura recours « *[…] si les nécessités de la protection de la personne ou la consistance de son patrimoine le justifient et si la composition de sa famille et de son entourage le permet* » (article 456, Code civil).
Il est composé d'au moins 4 membres désignés par le juge pour la durée de la tutelle, y compris le tuteur et le subrogé tuteur (mais non le juge).

Les membres sont choisis en considération des sentiments exprimés par la personne protégée, de ses relations habituelles, de l'intérêt porté à son égard et des recommandations éventuelles de ses parents et alliés ainsi que de son entourage. Le conseil de famille est présidé par le juge. Il délibère à la majorité simple des voix exprimées et ses décisions doivent être motivées. Le majeur protégé peut assister à la réunion du conseil, mais seulement à titre consultatif.

À NOTER

Les personnes qui exercent une mesure de protection juridique peuvent bénéficier de soutien et d'information. Pour cela, il faut s'adresser au greffe du tribunal judiciaire.

› La gestion des biens

Le tuteur représente la personne protégée dans les actes nécessaires à la gestion de son patrimoine. Il doit établir un inventaire des biens et le transmettre au juge dans les 3 mois qui suivent l'ouverture de la tutelle pour les biens meubles corporels (voitures, objets, meubles, placements, etc.), et dans les 6 mois pour les autres biens (biens immobiliers et biens meubles incorporels tels qu'une clientèle, un droit au bail, etc.) avec un budget prévisionnel. Lorsque le juge l'estime nécessaire ou en cas de retard dans la transmission de l'inventaire, il peut désigner, dès l'ouverture de la mesure, un commissaire-priseur, un huissier ou un notaire pour le faire réaliser aux frais du tuteur.

Les difficultés que peut rencontrer le tuteur sont tranchées par le conseil de famille ou, à défaut, par le juge. Seul, il agit pour défendre en justice les droits du majeur protégé et accomplit les actes conservatoires et les actes d'administration nécessaires à la gestion du patrimoine de la personne protégée.

Le tuteur devra obtenir l'autorisation du juge des contentieux de la protection (ou du conseil de famille) pour les actes de « disposition », c'est-à-dire les actes importants. On citera à titre d'exemple : la vente d'un immeuble ou d'un fonds de commerce, les baux de plus de 9 ans, la vente de meubles précieux qui constitueraient une part importante du patrimoine du majeur, les emprunts, les transactions, l'acceptation pure et simple d'une suc-

cession ou sa renonciation, les partages et, plus généralement, les actes qui dépassent la simple administration des biens.
Enfin, le tuteur ne peut jamais :
- priver le majeur protégé d'un bien ou d'un droit sans contrepartie (accepter une remise de dettes, renoncer à un droit acquis, etc.) ;
- exercer une activité commerciale ou une profession libérale au nom de la personne protégée ;
- acheter ou louer les biens de la personne protégée.

› Quelle publicité en est faite ?

La décision portant ouverture de la tutelle doit être transmise au greffe du tribunal judiciaire du lieu de naissance de la personne protégée pour être publiée au répertoire civil. Sera ensuite portée en marge de l'acte de naissance de l'intéressé l'inscription « RC » (comme « répertoire civil ») avec un numéro. En effet, les décisions relatives aux tutelles sont inscrites au répertoire civil, lequel est conservé au greffe du tribunal. Cette procédure permet de ne pas surcharger les actes d'état civil en indiquant la nature de la décision. Cette inscription permet aux tiers d'avoir connaissance de la mesure. En effet, les actes accomplis par le majeur sous tutelle étant nuls de plein droit, il convient d'assurer la sécurité des personnes qui pourraient contracter avec lui. La mesure de tutelle ne sera opposable aux tiers que 2 mois après cette inscription, à moins que ceux-ci n'en aient eu personnellement connaissance avant ce délai.

› Quand cesse la tutelle ?

La tutelle prend fin à l'expiration du délai fixé (à défaut de renouvellement) ou au décès de l'intéressé. Elle peut aussi être supprimée par le juge qui en ordonne la mainlevée si les causes qui avaient justifié son ouverture ont cessé. Elle peut être demandée par les mêmes personnes que celles qui pouvaient solliciter l'ouverture et la procédure en est identique. Elle peut également prendre fin par substitution en une curatelle sur demande du tuteur.

Tuteur et curateur sous contrôle

Un curateur ou un tuteur doit rédiger, une fois par an, un compte rendu de gestion annuelle selon un modèle adressé par le greffe. Afin de pouvoir le remplir convenablement, il est important de tenir une comptabilité périodique, de demander un ticket ou une facture pour chacune des dépenses réalisées pour la personne protégée. Vous devez les joindre au compte de gestion lorsque les sommes dépassent un certain montant qui vous sera précisé et les conserver pour les montants inférieurs en cas de contrôle.

Les comptes de gestion sont vérifiés par le subrogé tuteur ou subrogé curateur ou par le conseil de famille. Lorsque plusieurs personnes ont été désignées pour la gestion patrimoniale, les comptes annuels de gestion doivent être signés par chacune d'elle.

Il faut adresser en même temps un « compte rendu de diligences » récapitulant les décisions prises pour la vie quotidienne de la personne protégée (logement, santé, vie familiale, etc.).

En cas de difficulté, le juge des contentieux de la protection pourra être saisi pour vérifier les comptes. Si la composition du patrimoine le justifie, le juge pourra désigner, à la réception de l'inventaire, un professionnel qualifié pour vérifier les comptes (expert-comptable, par exemple).

TÉMOIGNAGES

J'ai été nommée tutrice de mon compagnon. Comme je suis comptable, j'étais rassurée pour le compte rendu annuel à remettre au juge. J'ai envoyé en temps et en heure les informations demandées. Quelle ne fut pas ma surprise ! Je ne m'étais pas conformée au document qui m'avait été envoyé. La présentation des comptes n'était pas bonne. J'ai dû tout recommencer !

Mireille

Je suis tutrice de mon père, atteint de la maladie d'Alzheimer. La première année, je me suis trouvée bien désemparée pour remplir le compte de gestion. Heureusement, le greffe du tribunal m'a communiqué les coordonnées d'une association mandataire judiciaire qui m'a donné des informations précieuses. Il n'en demeure pas moins que j'ai commis quelques erreurs qui m'ont valu une convocation par le greffe du tribunal.

Élisabeth

L'annulation des actes juridiques

Pour qu'un acte juridique soit valable (une vente, un achat, la signature d'un contrat, etc.), il doit avoir été passé par une personne saine d'esprit. En conséquence, si la personne était atteinte d'un trouble mental au moment de la conclusion de l'acte (en raison d'une maladie ou d'un affaiblissement dû à l'âge, par exemple), celui-ci peut être annulé.

› Du vivant de la personne

L'action en nullité peut être exercée par la personne protégée elle-même, son mandataire habilité, son tuteur ou son curateur. Mais pour qu'elle ait une chance d'aboutir, il faut démontrer que la personne âgée ou vulnérable était dans un état d'insanité d'esprit au moment précis où l'acte a été passé. Les actes réalisés pendant la période suspecte, c'est-à-dire dans les 2 ans qui ont précédé le jugement d'ouverture de la mesure de protection, peuvent être attaqués. Il faut pour cela prouver deux choses :
- que la personne était inapte à défendre ses intérêts en raison de l'altération de ses facultés personnelles ;
- que cet état était connu de la personne avec qui elle a contracté à l'époque où les actes ont été passés.

Si ces preuves sont apportées, les obligations pour la personne protégée peuvent être réduites, voire annulées s'il en résulte un préjudice pour cette dernière. L'action en nullité doit être introduite dans les 5 ans à compter du jugement d'ouverture de la mesure de protection.

› Après le décès de la personne

L'action en nullité peut être intentée par les héritiers. La procédure décrite ci-avant (du vivant de la personne) est applicable pour contester (après sa mort) les donations ou les testaments qu'elle aurait pu faire. Mais pour les autres actes, tout est plus compliqué. Les héritiers pourront obtenir la nullité dans les cas suivants :
- l'acte litigieux porte en lui-même la preuve d'un trouble mental ;
- l'acte litigieux a été fait à un moment où votre proche était placé sous le régime de la sauvegarde de justice ;

- au moment de la réalisation de l'acte litigieux, une action avait été introduite en vue de faire ouvrir une tutelle, une curatelle ou une habilitation familiale, ou encore un mandat de protection future avait pris effet.

MON CONSEIL

Un guide indispensable pour approfondir ce sujet *Tutelle, curatelle, habilitation familiale*, collection « Les guides pratiques pour tous », Prat Éditions, 2020.

RÉGIME DE PROTECTION	CARACTÉRISTIQUES
Habilitation familiale	La personne peut être représentée par la personne habilitée, dans les termes de la décision judiciaire, pour les décisions relatives à sa vie privée et/ou à la gestion de ses biens. L'habilitation peut être ponctuelle ou générale. La personne est privée de sa capacité pour les actes confiés à la personne habilitée. La personne décide seule des actes strictement personnels et, sauf intervention du juge, des actes relatifs à sa vie privée.
Sauvegarde de justice	Régime provisoire ne privant pas le majeur de sa capacité, mais qui facilite l'annulation d'un acte qui se révèle dommageable pour lui.
Curatelle simple	La personne n'est pas « hors d'état d'agir elle-même », mais doit être assistée par son curateur pour effectuer les actes de disposition (donation, vente de biens immobiliers, etc.).
Curatelle aménagée	Le juge peut ajouter, dans le jugement, certains actes que la personne en curatelle a la capacité de faire seule ou, au contraire, augmenter le nombre de ceux qui nécessitent l'assistance du curateur.
Curatelle renforcée ou aggravée	Le juge peut décider que le curateur : – gère les comptes à la place du majeur sous curatelle inapte à percevoir ses revenus et à en faire une utilisation normale ; – peut être autorisé à conclure, au nom de la personne sous curatelle, un bail d'habitation ou une convention d'hébergement, par exemple dans un foyer.
Tutelle	La personne est représentée par son tuteur, de façon continue, pour tous les actes de la vie civile (actes d'administration et de disposition), mais pas pour les actes de la vie courante.
Tutelle allégée	Le juge, compte tenu de l'état de l'intéressé, peut l'autoriser à faire seul ou avec l'assistance du tuteur certains actes qu'il énumère dans le jugement.

Les soins psychiatriques à la demande d'un tiers ou en cas de péril imminent

Il est possible d'imposer à un proche des soins ou son hospitalisation, à deux conditions :
– celui-ci présente des troubles mentaux rendant son consentement impossible ;
– son état mental nécessite des soins immédiats et une surveillance médicale constante ou régulière (sous forme d'hospitalisation ou de programme de soins).

Qui peut en faire la demande ?

Une telle demande peut émaner d'un membre de la famille ou de toute personne justifiant de relations antérieures à la demande et lui donnant qualité pour agir dans l'intérêt du patient, dont le tuteur ou le curateur (sauf le personnel soignant qui exerce dans l'établissement d'accueil).

Quelle est la procédure ?

La demande doit être présentée au directeur de l'établissement choisi, sous forme d'une lettre datée, signée et accompagnée de deux certificats médicaux datant de moins de 15 jours, le premier certificat devant être établi par un médecin extérieur à l'établissement. Si le patient présente un risque grave pour son intégrité, le directeur de l'établissement peut prononcer l'hospitalisation au vu du seul certificat du médecin de l'hôpital.
Le patient doit être informé de la demande d'admission en soins sans consentement, de manière adaptée à ses troubles, et peut faire valoir ses observations dont il doit être tenu compte dans toute la mesure du possible.

Le procureur, le préfet, ainsi que la commission départementale des soins psychiatriques sont également informés de la décision prise par le directeur de l'établissement de soins.

Quelle est la durée de la mesure ?

Dans les 24 heures suivant l'admission, un psychiatre (différent de celui qui a établi le certificat initial) rédige un certificat motivé confirmant ou infirmant le maintien de la mesure de soins sans consentement. Dans les 72 heures de l'hospitalisation, un autre certificat est rédigé et entraîne, soit la levée des soins sans consentement, soit leur maintien, sous forme d'hospitalisation complète ou de programme de soins.

Après 12 jours d'hospitalisation complète, le juge des libertés et de la détention est saisi par le directeur de l'établissement. L'autorisation de la justice est nécessaire pour que l'hospitalisation se poursuive. Une décision du juge est rendue à l'issue d'une période de 15 jours d'hospitalisation complète, puis tous les 6 mois. Le patient peut être entendu à l'audience et assisté ou représenté par son avocat. Si la durée des soins excède 1 an, le maintien est subordonné à une évaluation approfondie par un collège composé d'un psychiatre intervenant dans la prise en charge, d'un psychiatre ne participant pas à la prise en charge et d'un représentant de l'équipe pluridisciplinaire participant à la prise en charge.

Faire le choix d'une assurance dépendance ?

➢ Confronté à la perte d'autonomie d'un proche et aux difficultés financières qu'elle engendre, vous vous posez la question de l'utilité de souscrire une assurance dépendance pour vous-même.

➢ Différentes formules existent. Que faut-il en penser ?

Couvrir le risque de dépendance

Les frais engendrés par une perte d'autonomie importante sont très élevés. Ils représentent de 1 000 € à 4 000 € en moyenne chaque mois, selon que la personne vit à son domicile ou en établissement, bénéficie d'un soutien de ses proches ou non.
Les prestations de retraite, même complétées par l'APA, ne suffisent pas toujours à couvrir les dépenses engendrées par la perte d'autonomie.

Les choix possibles

On peut souscrire un contrat d'assurance classique à fonds perdus grâce auquel une rente viagère sera versée en cas de dépendance. Celle-ci n'est ni prise en compte dans les ressources pour le calcul de l'APA ni imposable. Mais si la perte d'autonomie ne survient pas, les cotisations restent acquises à l'assureur : elles auront été versées à fonds perdus. Cependant, c'est une bonne solution pour les ménages dont les revenus sont insuffisants pour se constituer une épargne et financer une éventuelle perte d'autonomie. En commençant à cotiser suffisamment tôt, il est possible de se constituer une rente significative en cas de dépendance.
À ces formules d'assurance pure s'ajoutent des contrats mixtes qui combinent assurance dépendance et assurance-vie. Si la dépendance ne survient pas, le capital est transmis aux bénéficiaires que vous avez désignés au contrat. En cas de perte d'autonomie, le capital est transformé en rente viagère à votre profit. Le montant des frais prélevés par l'assurance est beaucoup plus élevé que sur un contrat d'assurance-vie pure.

N'adhère pas qui veut

La plupart de ces contrats (d'assurance pure ou mixte) ne peuvent pas être souscrits au-delà d'un certain âge, variable selon les contrats (de 70 à 80 ans le plus souvent). En outre, l'assureur accorde la garantie au vu d'une déclaration de santé ou d'un questionnaire médical s'il considère que l'intéressé présente un risque de dépendance plus important que la moyenne.

L'assurance dépendance : mode d'emploi

L'assurance dépendance garantit, lorsque la dépendance définitive de la personne assurée est médicalement constatée, le versement d'une rente mensuelle. Cette rente est destinée à payer soit une aide permanente à son domicile, soit un hébergement dans un établissement pour personnes âgées dépendantes. Le contrat peut également prévoir le versement d'un capital pour aménager son logement.

Les premiers contrats dépendance ne couvraient quasi exclusivement que la perte totale d'autonomie. Aujourd'hui, la plupart couvrent aussi la dépendance partielle et offrent des prestations d'assistance parfois performantes. Mais la définition de la dépendance diffère d'un contrat à l'autre. Il existe en réalité deux grandes écoles : certains se réfèrent à la grille AGGIR (utilisée pour l'attribution de l'APA : voir *Grille AGGIR*, p. 149), d'autres à un ensemble d'actes de la vie courante (s'habiller, s'alimenter, se déplacer, se laver, etc.). Lorsque cet état est constaté de façon irréversible et que la personne assurée réside en maison de retraite, ou encore qu'elle est assistée chez elle d'une tierce personne, les assureurs versent la rente prévue au contrat.

Lorsque l'état de dépendance partielle est reconnu, le montant de la rente versée correspond à un pourcentage de la rente prévue en cas de dépendance totale. Ce pourcentage varie en fonction du degré de dépendance.

À NOTER

Le label « garantie assurance dépendance » (GAD) Les assureurs réunis au sein de la Fédération française de l'assurance ont créé ce label. Il est accordé, après examen d'un organisme spécialisé, aux contrats qui respectent certaines règles et prennent en charge au moins la dépendance lourde, évaluée à partir des actes de la vie quotidienne. La rente promise doit être d'au moins 500 € et être revalorisée périodiquement. Si l'assuré cesse de régler ses cotisations, il pourra recevoir une partie de la rente s'il devient dépendant, à condition toutefois d'avoir cotisé un certain nombre d'années. Les contrats labellisés peuvent être souscrits jusqu'à 70 ans.

Le coût de l'assurance dépendance

Pour un contrat d'assurance dépendance pure, le montant mensuel de la cotisation varie selon votre âge au moment de la souscription, le montant de la rente choisie et l'étendue de la garantie. Le montant à verser sera plus élevé si votre contrat couvre la dépendance partielle et totale que s'il couvre uniquement la dépendance totale.

Les contrats prévoient une augmentation du montant des cotisations : si l'assuré la refuse, la rente peut être réduite proportionnellement ou le contrat résilié par l'assureur. Certains contrats prennent en compte d'éventuelles difficultés financières de l'assuré. Ils garantissent alors une indemnité calculée sur les montants versés, même si l'assuré a cessé de cotiser.

À NOTER

La rente versée est totalement défiscalisée. Elle n'entre donc pas dans les revenus du bénéficiaire.

Pour un contrat mixte, le capital à investir déterminera le niveau de la rente versée.

MON CONSEIL

Où s'adresser ? Mutuelles, sociétés d'assurances et institutions de prévoyance proposent désormais des produits d'assurance visant à couvrir la dépendance. Adressez-vous à votre mutuelle ou à votre assureur pour connaître le contrat commercialisé.

L'alternative de l'assurance-vie

Plutôt que de souscrire une assurance dépendance, on peut choisir d'épargner sur un produit de placement (assurance-vie, par exemple) pour se constituer un capital dans lequel piocher en cas de besoin. Mais attention, celui-ci doit être suffisamment important pour pouvoir faire face à la dépense. L'état de dépendance dure en moyenne de 4 à 5 ans (voire 10 ans en cas de maladie neurodégénérative). Si l'on dépense 2 000 € par mois pour financer une maison de retraite, il faut un capital de 24 000 € par an (120 000 € pour 5 ans).

Les garanties d'assistance

L'assistance est en pleine évolution. Les organismes d'assistance proposaient, à l'origine, des prestations pour l'aide aux personnes en voyage et l'assistance aux véhicules. Face à un marché très concurrentiel, elles appliquent progressivement des stratégies de diversification et se penchent sur le créneau de l'assistance dans la vie quotidienne. L'aide ménagère, la garde des animaux, les services de téléassistance sont autant de formes possibles d'intervention de ces contrats. Le conseil juridique et fiscal fait aussi partie des offres courantes.

De même, les garanties complémentaires prévues généralement dans les contrats d'assurance automobile peuvent être utilisées. Elles visent à protéger les assurés des risques graves qui peuvent survenir lorsqu'ils se trouvent éloignés de leur domicile : accident de voiture laissant dans l'impossibilité immédiate de rentrer chez soi par ses propres moyens, problèmes de santé exigeant une hospitalisation ou un rapatriement rapide.

Certaines de ces garanties sont maintenant proposées dans les contrats des mutuelles maladie ou avec les garanties « dépendance ». Cela signifie que l'on a intérêt à vérifier les garanties de ses contrats avant d'en souscrire de nouvelles.

Mettre en œuvre le contrat de dépendance

Les conditions à remplir ainsi que les démarches à respecter sont décrites dans le contrat, lequel varie d'un assureur à l'autre. En outre, des délais peuvent différer la prise en charge.

Le niveau de perte d'autonomie

Les contrats garantissent soit la dépendance totale, soit la dépendance partielle. Généralement, le contrat d'assurance définit la dépendance totale comme l'impossibilité d'accomplir sans aide extérieure au moins 4 des 5 actes ordinaires de la vie quotidienne : se lever, se déplacer, s'habiller, s'alimenter et faire sa toilette. La dépendance partielle est généralement caractérisée par le besoin d'aide jusqu'à 3 des 5 actes de la vie quotidienne.
La demande d'APA permet de situer son niveau de dépendance et d'étayer le dossier de demande de mise en œuvre de la garantie dépendance.

La procédure

L'état de dépendance de la personne doit être constaté médicalement, dans les conditions prévues par le contrat. En général, il convient de demander un dossier à son assureur. Celui-ci devra être complété par son médecin traitant ou le médecin hospitalier. Il s'agit d'un questionnaire médical auquel devront être jointes des pièces justificatives (niveau de GIR, compte-rendu d'hospitalisation, etc.). Ce dossier sera examiné par le médecin-conseil de l'assureur qui peut demander des examens médicaux complémentaires.
Si l'assureur refuse de reconnaître l'état de dépendance de l'assuré, il existe une procédure de recours. Il est possible de solliciter une contre-expertise.

Le délai de carence

Le délai de carence, ou d'attente selon les contrats, désigne la période qui suit la souscription du contrat pendant laquelle la garantie dépendance n'est pas acquise. Si la perte d'autonomie survient pendant ce délai, elle ne donnera lieu à aucune prestation, même après expiration de cette période.

Cas pratique

À 65 ans, Jean souscrit un contrat d'assurance dépendance prévoyant un délai de carence de 6 mois. Victime d'un accident vasculaire cérébrale (AVC) pendant cette période de 6 mois, il garde des séquelles irréversibles. Il ne pourra pas obtenir une rente de son assurance, son AVC étant survenu pendant le délai de carence.

Le délai de carence ne s'applique pas en cas de dépendance d'origine accidentelle.

Le délai de franchise

Une fois la dépendance constatée, certains assureurs appliquent un délai de franchise (de 60 ou 90 jours à compter de la date de la reconnaissance de l'état de dépendance) pendant lequel ils ne versent pas de rente. La prestation ne sera versée par l'assureur qu'au terme de ce délai. La date de reconnaissance de l'état de dépendance est fixée par l'assureur, après réception de la demande de prestation de dépendance et au terme de l'instruction médicale du dossier par le médecin-conseil de l'assureur.

Annexes

GRILLE AGGIR

Le groupe GIR 1

Relèvent de ce groupe les personnes ayant perdu leur autonomie mentale, corporelle, locomotrice et sociale et qui nécessitent une présence indispensable et continue d'une tierce personne.

Le groupe GIR 2

Deux sous-groupes essentiels composent le groupe GIR 2 :

- les personnes grabataires lucides ou dont les fonctions mentales ne sont pas totalement altérées et qui nécessitent une prise en charge pour la plupart des activités de la vie courante. Une majorité d'entre elles n'assurent pas seules tout ou partie de l'hygiène de l'élimination, de la toilette, de l'habillage et de l'alimentation. Elles nécessitent une surveillance permanente et des actions d'aide répétitives de jour comme de nuit ;

- les personnes atteintes de démence qui déambulent ou qui présentent des détériorations mentales graves mais qui ont conservé totalement ou significativement leurs facultés locomotrices ainsi que certaines activités corporelles que, souvent, elles n'effectuent qu'avec des stimulations. La conservation de leurs activités locomotrices induit une surveillance permanente, des interventions liées aux troubles du comportement et des aides ponctuelles, mais fréquentes pour certaines activités corporelles.

Le groupe GIR 3

Relèvent de ce groupe les personnes ayant conservé leur activité mentale et partiellement leur activité locomotrice, mais qui nécessitent plusieurs fois par jour de l'aide pour les activités corporelles. Elles ne nécessitent pas une surveillance permanente.

Le groupe GIR 4

Deux sous-groupes essentiels composent ce groupe :

- les personnes qui n'assurent pas seules leurs transferts mais qui, une fois levées, ont des activités de déplacement à l'intérieur du logement et qui, par ailleurs, doivent être aidées ou stimulées pour la toilette, l'habillage et dont la quasi-totalité s'alimente seule ;

- les personnes qui n'ont pas de problèmes locomoteurs, mais qu'il faut aider en ce qui concerne les activités corporelles, y compris pour les repas.

Le groupe GIR 5

Relèvent de ce groupe toutes les personnes qui assurent seules leurs transferts et les déplacements à l'intérieur du logement, s'alimentent et s'habillent seules. Elles nécessitent une surveillance ponctuelle qui peut être étalée dans la semaine et des aides pour la toilette, la préparation des repas et le ménage.

Le groupe GIR 6

Il regroupe les personnes qui n'ont pas perdu leur autonomie pour les actes de la vie courante.

CHARTE DES DROITS ET LIBERTÉS DE LA PERSONNE ACCUEILLIE

ARTICLE 1er
Principe de non-discrimination

Dans le respect des conditions particulières de prise en charge et d'accompagnement, prévues par la loi, nul ne peut faire l'objet d'une discrimination à raison de son origine, notamment ethnique ou sociale, de son apparence physique, de ses caractéristiques génétiques, de son orientation sexuelle, de son handicap, de son âge, de ses opinions et convictions, notamment politiques ou religieuses, lors d'une prise en charge ou d'un accompagnement, social ou médico-social.

ARTICLE 2
Droit à une prise en charge ou à un accompagnement adapté

La personne doit se voir proposer une prise en charge ou un accompagnement, individualisé et le plus adapté possible à ses besoins, dans la continuité des interventions.

ARTICLE 3
Droit à l'information

La personne bénéficiaire de prestations ou de services a droit à une information claire, compréhensible et adaptée sur la prise en charge et l'accompagnement demandés ou dont elle bénéficie ainsi que sur ses droits et sur l'organisation et le fonctionnement de l'établissement, du service ou de la forme de prise en charge ou d'accompagnement. La personne doit également être informée sur les associations d'usagers œuvrant dans le même domaine.

La personne a accès aux informations la concernant dans les conditions prévues par la loi ou la réglementation. La communication de ces informations ou documents par les personnes habilitées à les communiquer en vertu de la loi s'effectue avec un accompagnement adapté de nature psychologique, médicale, thérapeutique ou socio-éducative.

ARTICLE 4
Principe du libre choix, du consentement éclairé et de la participation de la personne

Dans le respect des dispositions légales, des décisions de justice ou des mesures de protection judiciaire ainsi que des décisions d'orientation :
1° la personne dispose du libre choix entre les prestations adaptées qui lui sont offertes soit dans le cadre d'un service à son domicile, soit dans le cadre de son admission dans un établissement ou service, soit dans le cadre de tout mode d'accompagnement ou de prise en charge ;
2° le consentement éclairé de la personne doit être recherché en l'informant, par tous les moyens adaptés à sa situation, des conditions et conséquences de la prise en charge et de l'accompagnement et en veillant à sa compréhension ;
3° le droit à la participation directe, ou avec l'aide de son représentant légal, à la conception et à la mise en œuvre du projet d'accueil et d'accompagnement qui la concerne lui est garanti.

Lorsque l'expression par la personne d'un choix ou d'un consentement éclairé n'est pas possible en raison de son jeune âge, ce choix ou ce consentement est exercé par la famille ou le représentant légal auprès de l'établissement, du service ou dans le cadre des autres formes de prise en charge et d'accompagnement. Ce choix ou ce consentement est également effectué par le représentant légal lorsque l'état de la personne ne lui permet pas de l'exercer directement. Pour ce qui concerne les prestations de soins délivrées par les établissements ou services médico-sociaux, la personne bénéficie des conditions d'expression et de représentation qui figurent au Code de la santé publique.

La personne peut être accompagnée de la personne de son choix lors des démarches nécessitées par la prise en charge ou l'accompagnement.

ARTICLE 5
Droit à la renonciation

La personne peut à tout moment renoncer par écrit aux prestations dont elle bénéficie ou en demander le changement dans les conditions de capacités, d'écoute et d'expression ainsi que de communication prévues par la présente charte, dans le respect des décisions de justice ou mesures de protection judiciaire, des décisions d'orientation et des procédures de révision existantes en ces domaines.

ARTICLE 6
Droit au respect des liens familiaux

La prise en charge ou l'accompagnement doit favoriser le maintien des liens familiaux et tendre à éviter la séparation des familles ou des fratries prises en charge, dans le respect des souhaits de la personne, de la nature de la prestation dont elle bénéficie et des décisions de justice. En particulier, les établissements et les services assurant l'accueil et la prise en charge ou l'accompagnement des mineurs, des jeunes majeurs ou des personnes et familles en difficultés ou en situation de détresse prennent, en relation avec les autorités publiques compétentes et les autres intervenants, toute mesure utile à cette fin.

Dans le respect du projet d'accueil et d'accompagnement individualisé et du souhait de la personne, la participation de la famille aux activités de la vie quotidienne est favorisée.

ARTICLE 7
Droit à la protection

Il est garanti à la personne comme à ses représentants légaux et à sa famille, par l'ensemble des personnels ou personnes réalisant une prise en charge ou un accompagnement, le respect de la confidentialité des informations la concernant dans le cadre des lois existantes.

Il lui est également garanti le droit à la protection, le droit à la sécurité, y compris sanitaire et alimentaire, le droit à la santé et aux soins, le droit à un suivi médical adapté.

ARTICLE 8
Droit à l'autonomie

Dans les limites définies dans le cadre de la réalisation de sa prise en charge ou de son accompagnement et sous réserve des décisions de justice, des obligations contractuelles ou liées à la prestation dont elle bénéficie et des mesures de tutelle ou de curatelle renforcée, il est garanti à la personne la possibilité de circuler librement. À cet égard, les relations avec la société, les visites dans l'institution, à l'extérieur de celle-ci, sont favorisées.

Dans les mêmes limites et sous les mêmes réserves, la personne résidente peut, pendant la durée de son séjour, conserver des biens, effets et objets personnels et, lorsqu'elle est majeure, disposer de son patrimoine et de ses revenus.

ARTICLE 9
Principe de prévention et de soutien

Les conséquences affectives et sociales qui peuvent résulter de la prise en charge ou de l'accompagnement doivent être prises en considération. Il doit en être tenu compte dans les objectifs individuels de prise en charge et d'accompagnement.

Le rôle des familles, des représentants légaux ou des proches qui entourent de leurs soins la personne accueillie doit être facilité avec son accord par l'institution, dans le respect du projet d'accueil et d'accompagnement individualisé et des décisions de justice.

Les moments de fin de vie doivent faire l'objet de soins, d'assistance et de soutien adaptés dans le respect des pratiques religieuses ou confessionnelles et convictions tant de la personne que de ses proches ou représentants.

ARTICLE 10
Droit à l'exercice des droits civiques attribués à la personne accueillie

L'exercice effectif de la totalité des droits civiques attribués aux personnes accueillies et des libertés individuelles est facilité par l'institution, qui prend à cet effet toutes mesures utiles dans le respect, si nécessaire, des décisions de justice.

ARTICLE 11
Droit à la pratique religieuse

Les conditions de la pratique religieuse, y compris la visite de représentants des différentes confessions, doivent être facilitées, sans que celles-ci puissent faire obstacle aux missions des établissements ou services. Les personnels et les bénéficiaires s'obligent à un respect mutuel des croyances, convictions et opinions. Ce droit à la pratique religieuse s'exerce dans le respect de la liberté d'autrui et sous réserve que son exercice ne trouble pas le fonctionnement normal des établissements et services.

ARTICLE 12
Respect de la dignité de la personne et de son intimité

Le respect de la dignité et de l'intégrité de la personne est garanti.

Hors la nécessité exclusive et objective de la réalisation de la prise en charge ou de l'accompagnement, le droit à l'intimité doit être préservé.

CHARTE NATIONALE RELATIVE À LA COHABITATION INTERGÉNÉRATIONNELLE SOLIDAIRE

Initiée dans le cadre des travaux préparatoires à la loi du 28 décembre 2015 relative à l'adaptation de la société au vieillissement, la cohabitation intergénérationnelle trouve sa concrétisation *via* une définition et la mise en place d'un contrat de cohabitation intergénérationnelle solidaire dans la loi n° 2018-1021 du 23 novembre 2018 portant évolution du logement, de l'aménagement et du numérique dite loi ELAN.

La cohabitation intergénérationnelle solidaire repose sur deux constats : la difficulté pour certains jeunes de se loger, l'isolement et la solitude de certaines personnes âgées, facteur aggravant de la perte d'autonomie.

La cohabitation intergénérationnelle solidaire se définit comme l'accueil par des personnes âgées de 60 ans et plus, propriétaires ou locataires, dans leur logement, d'un ou plusieurs jeunes de moins de 30 ans, en échange d'une contrepartie financière modeste ainsi que, le cas échéant, de la réalisation sans but lucratif pour aucune des parties de menus services par le jeune de moins de 30 ans. La cohabitation intergénérationnelle solidaire permet par ailleurs d'optimiser l'occupation des logements et les dépenses énergétiques.

Il s'agit de développer un concept qui se décline selon les besoins des parties impliquées et dont la finalité première est de faire coïncider les attentes de chacun pour leur satisfaction commune. Ainsi, le bénéfice de la location ou de la sous-location d'une partie de logement relève pour la personne de moins de 30 ans d'une contrepartie financière modeste ainsi que, le cas échéant, de la réalisation sans but lucratif de « menus services » (comme par exemple une présence bienveillante dans le respect de la vie privée) dans des conditions de non-subordination, qui sont non assimilables à une prestation régulière normalement fournie par un prestataire ou par l'emploi direct ou en mandataire d'un salarié à domicile[1].

1.« Le lien de subordination est caractérisé par l'exécution d'un travail sous l'autorité de l'employeur qui a le pouvoir de donner des ordres et des directives, d'en contrôler l'exécution et de sanctionner les manquements de son subordonné » (Cour de cassation, chambre sociale, 13 novembre 1996, Bulletin civil, V, n° 386 ; pourvoi n° 94-13187).

Pour ce faire, les structures ou associations régies par la loi 1901 (indépendantes et sans but lucratif) œuvrant à la promotion de la cohabitation intergénérationnelle solidaire ont pour objectif de favoriser la mise en relation des jeunes et des personnes âgées.

La présente charte vise à définir les objectifs que doivent partager les personnes âgées, les jeunes ainsi que les structures et associations œuvrant pour la cohabitation intergénérationnelle solidaire concernés :

- prévenir l'isolement des seniors et contribuer autant que faire se peut à leur maintien à domicile ;

- permettre aux jeunes d'être accueillis, avec une contrepartie financière modeste, selon des modalités définies dans le contrat de cohabitation intergénérationnelle solidaire liant les deux parties.

Plus particulièrement, les structures et associations s'engagent par l'adhésion à la présente charte à mettre en œuvre les actions suivantes :

- promouvoir la mise en œuvre de la cohabitation intergénérationnelle solidaire, consacrée par la loi « Évolution du logement, aménagement et numérique (ELAN) » ;

- valoriser l'utilité sociale et la démarche solidaire des deux générations parties prenantes dans cet échange ;

- travailler en lien avec les acteurs sociaux et médico-sociaux du territoire pour assurer une coordination et une information sur ce dispositif ;

- dans le parc social, informer au préalable le bailleur social, et le cas échéant signer une convention définissant le rôle de l'association et de ce dernier pour la constitution des binômes et leur suivi ;

- dans le parc privé, rappeler au locataire de bien informer le bailleur de son intention de sous-louer une partie de son logement dans le cadre d'un contrat de cohabitation intergénérationnelle solidaire ;

- analyser les besoins et les attentes des seniors et des jeunes intéressés en vue d'une cohabitation ;

- s'assurer de l'adhésion des candidats aux valeurs fondamentales de la cohabitation intergénérationnelle solidaire : respect et solidarité ;

- accompagner la recherche des candidats potentiels, leur mise en relation et le suivi du binôme jeune et senior tout au long de la durée du contrat de cohabitation intergénérationnelle solidaire ;

- favoriser la mise en relation des jeunes et des personnes âgées et organiser leur cohabitation à la suite d'une ou plusieurs rencontre(s) préalable(s) ;

- informer les parties que le jeune n'a pas vocation à intervenir en substitution des professionnels d'aide et de soins à domicile, ainsi les « menus services » ne seront jamais des soins infirmiers et les activités qui s'y rattachent (toilettes, délivrance et surveillance de prise de médicaments, etc.) ;

- s'assurer que les engagements réciproques soient motivés par l'entraide et pour concourir au vivre ensemble ;

- veiller au respect des engagements des deux parties selon les termes définis dans le contrat de cohabitation intergénérationnelle solidaire qu'ils auront signée ;

- assurer un rôle de conseil des parties ;

- s'assurer que les locaux loués ou sous-loués au jeune sont en bon état d'usage, ne présentent aucun risque manifeste pour la sécurité physique et la santé et offrent les conditions d'hygiène et de confort exigées pour une affectation à un usage d'habitation.

Les adresses de vos interlocuteurs

Ces adresses étant susceptibles de changer entre deux éditions du guide, nous vous conseillons donc d'effectuer une vérification sur Internet avant tout envoi de courrier.

Informations générales et aides

- www.pour-les-personnes-agees.gouv.fr
  On y trouve toutes les adresses en fonction de son lieu d'habitation.
- https://solidarites-sante.gouv.fr (site du ministère des Affaires sociales et de la santé).
- ARS (Agence régionale de santé) : organisme public qui s'occupe des questions sanitaires et de Sécurité sociale.
  www.ars.sante.fr
- Direction de la Cohésion sociale et de la Protection des populations : ces directions présentes au niveau du département ont en charge l'action sociale. Les coordonnées des services départementaux figurent dans l'annuaire téléphonique de votre région.
  www.economie.gouv.fr/dgccrf/coordonnees-des-DDPP-et-DDCSPP
- Maisons départementales des personnes handicapées
  La liste est consultable sur :
  https://lannuaire.service-public.fr
- Comité interministériel du handicap
  14, avenue Duquesne
  75350 Paris 07 SP
  https://handicap.gouv.fr
- **39 77** pour contacter une plate-forme d'écoute, de soutien et d'aide pour les personnes âgées ou handicapées, aux personnes en prenant soin et aux témoins de maltraitances à leur encontre. Ouvert du lundi au vendredi de 9 h à 19 h.
- Canicule info-service : informations sur la canicule et les principales recommandations à suivre en cas de fortes chaleurs.
  Tél. : 0 800 06 66 66
  (appel et service gratuit). Ouvert du lundi au dimanche de 9 h à 19 h.

• Union nationale des associations familiales (UNAF)
28, place Saint Georges
75009 Paris
Tél. : 01 49 95 36 00
www.unaf.fr

• Union des associations France Alzheimer et maladies apparentées
11, rue Tronchet
75008 Paris
Tél. : 01 42 97 52 41
www.francealzheimer.org

Accueil temporaire, alternative à la vie au domicile, vie en établissement

• Groupe de réflexion et réseau pour l'accueil temporaire des personnes en situation de handicap (GRATH)
Résidence Cap West
4, Parc d'activités de Doaren Molac
56610 Arradon
Tél. : 02 97 63 44 25
www.accueil-temporaire.com

• Annuaire des EHPAD :
www.logement-seniors.com/ehpad.php

• ARPAVIE (Association Résidences et Foyers)
8, rue Rouget-de-Lisle
92130 Issy-les-Moulineaux
Tél. : 01 41 09 43 43
www.arpavie.fr

• CAP Retraite (Service de conseil et d'orientation en maison de retraite)
91, rue du Faubourg-Saint-Honoré
75008 Paris
Tél. : 0 800 89 14 91
www.capretraite.fr

• FAMIDAC (Association nationale des accueillants familiaux et de leurs partenaires)
Bouteillac 07110 Rocles
Tél. : 04 75 88 38 64
www.famidac.fr

• MARPA (Maison d'accueil et de résidence pour l'autonomie)
19, rue de Paris - CS 50070
93013 Bobigny Cedex
Tél. : 01 41 63 86 95
www.marpa.fr

Aides à domicile/maintien à domicile

• Annuaire
www.servicesalapersonne.gouv.fr

• CIAS (Centre intercommunal d'action sociale) : pour obtenir les coordonnées de votre Centre communal d'action sociale (CCAS), renseignez-vous directement auprès de votre mairie.

• Santé Service (hospitalisation à domicile, maintien à domicile des personnes âgées ou handicapées)
15, quai de Dion Bouton
92816 Puteaux Cedex
Tél. : 01 46 97 01 75
www.fondation-santeservice.fr

Logement

• Anah (Agence nationale de l'habitat)
8, avenue de l'Opéra
75001 Paris
Tél. : 0820 15 15 15
www.anah.fr

- ANIL (Agence nationale pour l'information sur le logement)
  2, boulevard Saint-Martin
  75010 Paris
  Pour connaître les coordonnées postales et téléphoniques de votre agence départementale : www.anil.org, rubrique « Votre ADIL ».
  Tél. : 0 820 16 75 00
- Fédération SOLIHA (Solidaires pour l'habitat) : résulte de la fusion des PACT et de la Fédération nationale Habitat et développement.
  29, rue Tronchet
  75009 Paris
  Tél. : 01 42 66 35 98
  www.soliha.fr

Santé, sécurité et urgences

- Sécurité sociale
  www.ameli.fr
- SFAP (Société française d'accompagnement et de soins palliatifs)
  106, avenue Émile Zola
  75015 Paris
  Tél. : 01 45 75 43 86
  www.sfap.org
- ASP (Association pour l'accompagnement et le développement des soins palliatifs)
  37, avenue de Clichy
  75017 Paris
  Tél. : 01 53 42 31 31
  www.aspfondatrice.org

Tutelle

- Association nationale assistance tutelle (ANAT)
  47, passage de l'ancienne Mairie
  69400 Villefranche-sur-Saône
  Tél. : 04 82 53 05 92
  www.anatutelle.fr
- Fédération nationale des associations tutélaires (FNAT)
  6, rue de La Rochefoucauld
  75009 Paris
  Tél. : 01 42 81 46 11
  www.fnat.fr

Index

Achevé d'imprimer
en mars 2020
par DIMOGRAF,
Bielsko-Biała, POLOGNE